여행을
기억
하다

여행을
기억
하다

치앙마이
그림일기

배중열과 고율

재승출판

B _____ 치앙마이?

치앙마이를 왜 좋아하는지? 어떤 부분에 끌려서 몇 번씩
여행했느냐고 묻는다면 정확하게 '이런 부분이 좋았어'라고
번뜩 떠오르는 것은 없다.
푸릇푸릇한 풍경이 좋았던 건가? 음식이 맛있었나?
카페의 예쁜 인테리어? 빈티지한 소품?

사람들은 다양한 이유로 여행지를 고르고 그곳으로 떠나겠지?
우리는 그저 느긋하게 걷고 편안하게 생각에 잠길 수 있는 곳이
어딜까 생각했었다.
그렇게 찾아낸 곳이 태국 치앙마이였다.
특별한 이유는 없다.
여행을 떠난다는 것만으로도 충분히 설렜고,
편안하면서도 낯선 공간에서의 하루하루는 행복했다.

Yull _____ 치앙마이!

우리는 걸음 여행을 좋아한다. 도로를 살짝 벗어나 작은 마을 구석구석을
걷고, 골목 사이에 자리 잡은 행복을 우연히 발견하는 것으로부터
여행을 시작한다. 목적을 두지 않고 그저 길이 예뻐서 걷거나, 길모퉁이에
세워진 낡은 자전거에 시선을 두고, 이름 모를 꽃들을 반갑게 만나고,
언제 생겼는지 알 수 없는 오래된 가게에서 뽀얀 먼지 쌓인 빈티지 유리컵을
만나거나, 로컬 시장에서 난생처음 본 이름도 생소한 과일을 맛보고,
무더운 날 구글맵에도 나오지 않는 구멍가게에서 사 먹은
코코넛 아이스크림도 오늘 우연히 만난 행복이다.

행복을 찾는 건 일상에서 귀여움을 찾는 사소한 시선에서부터 시작된다.
치앙마이는 행복을 찾는 사소한 시선을 두기에 참 적합한 곳이다.
연고도 없는 치앙마이를 몇 번이고 여행했던 이유도 이 때문이다.

시간의 멋이 담긴 빈티지 소품, 맛있는 커피, 달콤한 열대과일,
사람들의 미소, 발길 닿는 대로 걷고, 아무것도 안 하고
편히 쉬어도 되는 도시 치앙마이에서 우리가 그랬던 것처럼
당신도 행복을 찾을 수 있기를 바라본다.

+ 시선의 수집 +

2015년을 시작으로 치앙마이를 다섯 번 여행했다.

아직도 첫 여행의 설렘이 기억에 선명하다.
브랜드별 연필, 드로잉북 5권, 색연필 150색, 수채화물감, 아크릴물감,
무게가 상당했던 몇백 장의 질감별 종이까지… 뭘 얼마나 그리겠다고
그렇게 챙겼는지, 가방의 3분의 1이 그림 도구였다. 여행 기간은 두 달
남짓이었는데 도구는 1년을 써도 남을 만큼의 분량이었다.
율과 나는 무엇이든 그림으로 담아 오겠다는 생각에 들떠 있었다.
하지만 여행을 시작하고 내가 가장 많이 사용했던 그림 도구는
연필과 드로잉북 하나가 다였다. 율 역시 작은 고체물감과 붓 그리고
수채화북 하나가 전부였다.

시간이 느긋하게 흐르는 치앙마이에서
우리는 사람과 풍경을 바라보며
시선에 담기는 소소한 일상의 순간을
드로잉북에 채워나갔다.

가방 속 그림 도구의 무게는 어느새 가벼워졌다.

치앙마이에 와서 그림을 그린다는 것은
새로운 그림을 그려야 한다는 압박감에서 벗어나
여유를 찾는 시간이 되었다.

여백이 가득한 치앙마이를 그리며 나에게 쉼을 선물한다.

contents

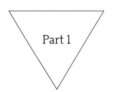

Part 1

치앙마이, 여행의 기록

+ 여행 계획 +

마감이 끝날 때쯤이면 우리는 항상 여행을 계획한다.
유럽? 미국? 일본? 베트남? 태국? 호주?
어느 곳을 갈지, 무엇을 먹을지, 며칠이나 머물지를 결정한다.
계획만으로는 벌써 세계 여행을 하고도 남았을지 모르겠다.
막상 출발 날짜를 정하려고 하면 꼬미와 호두는 어쩌지?
한 달은 가야 하는 거 아니야? 통장에 여유가 있나?
부모님께는 뭐라고 말씀드리지?
이어지는 물음에 마침표를 찍지 못한 채 여행은 다음으로 미뤄지고
한껏 달아올랐던 열정은 서서히 식어버린다.

날짜도 정하지 못한 여행을 문제부터 끄집어내서 해결하려고 하니
모든 것이 답답함으로 다가왔다.
그래서 우리는 일단 모든 문제를 뒤로하고 날짜를 정했다.
티케팅을 하고 나니 심각하게 고민했던 것들이 의외로 쉽게 풀렸다.
여권 신청? 국제운전면허증 발급? 교통수단? 숙소?
여행에 관한 모든 것은 설렘 가득한 문제였고
떠나기로 결정된 이상 즐겁게 해결해나갈 수 있었다.

여행을 계획하는 시간이 행복해졌다.

+ 짐 +

여행에서 돌아오면 다짐하는 것이 있다.
'다음 여행 때는 꼭 짐을 줄이리라.'
하지만 이번에도 캐리어에 쓸데없는 것들을 잔뜩 넣었다.
우리는 배낭에 카메라 하나 딱 걸쳐 메고 떠나는
그런 프로 여행자가 되긴 글렀다.

의 가방

엄마의
누룽지와
무장아찌

코닥필름

라이카 미니즈
필름카메라

올림푸스 LT-1

활짝!

하네뮬레 드로잉북,
6B연필

샤워필터

리코 GR2
카메라

고체물감, 물붓

프리즈마 색연필,
드로잉북

블랙윙
연필깎이

동전지갑

19

첫 번째 치앙마이

도착하면
이렇게 챙겨온 걸
칭찬하게 될 거야.

힘들어…

그냥
닥치는 대로
챙겨 왔구먼.
집에서도 안 신는
신발들…

두 번째 치앙마이

세 번째 치앙마이

네 번째 치앙마이

짐이 없으니
손잡고 여행을
시작하네.

+ 공항 +

여행에서 가장 설레는 때는 언제일까? 가장 설레는 장소는?
공항에 도착하는 순간부터 우리의 심장이 콩닥콩닥 뛰기 시작한다.
"별다방 커피라도 한잔 마셔야 할 거 같아."
아이스 아메리카노를 손에 들고 공항 이곳저곳을 기웃거린다.
라운지에 앉아 음악을 들으며 사람들을 구경한다.
여행지에 대한 생각은 잠시 접어두고
공항에 있는 지금 이 순간의 행복을 즐긴다.
공항으로 여행을 온 건가?
공항에서부터 우리의 여행은 시작된다.
공항도 관광지의 하나로 여행 목록에 써넣어야 할 것 같다.

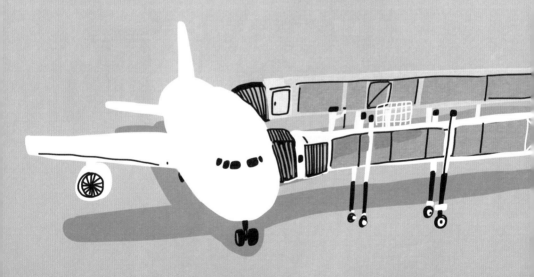

+ 치앙마이 가는 길 +

태국으로 향하는 비행기에 탑승했다.

방콕 수완나품 국제공항까지는 6시간이 걸린다.

율은 비행기에 몸을 싣고 있는 시간을 좋아하지 않는다.

아무것도 할 수 없는 답답하고 밀폐된 공간.

비행기를 타기 며칠 전부터 몸을 피곤하게 만든 후

비행하는 시간을 잠으로 보낸다.

반대로 나는 그 시간이 너무 좋다.

마음껏 움직일 수 없는 공간이기에 아무것도 하지 않아도 된다는 것.

그러한 장점을 충분히 활용하여 할 수 있는 모든 놀이를

나에게 허락된 그 공간에서 즐긴다.

수완나품 공항에 도착해 공항버스를 이용하면

돈무앙 공항으로 이동할 수 있다.

거기에서 치앙마이로 가는 항공편을 타면 되지만

우리는 방콕에서 2박 3일 정도 머물다가 치앙마이로 향한다.

+ 경계 +

처음으로 율과 함께 떠난 해외여행.
들뜬 마음 한편으로 걱정 하나가 생겼다.
가끔 영화나 뉴스에 나오는 자극적인 해외범죄 사건들.
지키고 보호해야 할 사람이 생기니 신경이 쓰였다.
안전한 곳이라고는 하지만 아무래도 낯선 곳이라 걱정이 되었다.
방콕에서 치앙마이로 이동하고 숙소에 도착할 때까지
내 지나친 경계는 계속되었다.

율을 잃어버리면 어쩌지? 상상만 해도 끔찍하다.
여행을 시작하고 1주일은 시야 밖으로 율이 벗어난 적이 없었다.

+ 방콕에서의 아침 +

아침 일찍 잠에서 깬 우리는 숙소 밖으로 나와
동네를 느긋하게 걷는다.
사진으로만 봐왔던 방콕의 동네 풍경, 낯선 사람들.
여유롭게 산책하는 것으로 여행지에서의 하루를 시작한다.

+ 지하철 +

이른 아침에 동네를 산책하고 지하철역으로 향했다.

승차권 발매기 앞에서 두근거리는 마음으로 목적지 버튼을 눌렀다.

동전 모양의 플라스틱 티켓이 나온다.

개표소를 지나 지하철 통로까지 계단을 타고 내려왔다.

한국의 지하철과 다른 건 곳곳에 적혀 있는 언어뿐이다.

목적지로 가는 20분 동안 특별히 어떤 일이 일어나지 않았지만

주위를 둘러보며 우리가 다른 나라에 와 있다는 것을 실감했다.

여행 중이기에 지금 이 별일 없는 순간조차도 설렘으로 다가온다.

+ 짜뚜짝 시장 +

주말에만 열리는 방콕 최대 크기의 시장이다. 방콕에서 열리는 시장을 다
가본 건 아니지만 종일 돌아다녀도 구경을 다 못할 만큼 없는 게 없는 아주
큰 시장이다. 처음 이곳에 왔을 땐 정신이 하나도 없었다.
여러 나라의 여행자들로 가득 차 걷기조차 힘들었던 길.
비가 많이 와서 빠르게 흘러내리는 계곡물처럼 우리는 인파에 휩쓸려 흘러갔다.
거기다 뜨거운 날씨 탓에 구경은커녕 정신이 혼미해졌다. 처음 보는 것들에
대한 호기심과 신기함은 잠깐이었고 다시금 버티는 것이 고작이었다.

두 번째 방문했을 땐 조금 익숙해져서 망고도 사 먹고 팟타이에 맥주도 한잔
마셨다. 그리고 이것저것 보면서 걷다가 사고 싶은 물건이 있어 한참을 고민했다.
"한 바퀴 돌면서 생각해보자." 당연히 우리는 그날 그 가게를 찾지 못했다.

세 번째 방문했을 땐 사람들이 조금 없는 시간대, 구경하고 싶은 가게와 맛있는
식당, 화장실의 위치까지 알아내는 치밀함으로 아주 능숙하게 돌아다녔다.

다닥다닥 붙어 있는 자그마한 상점마다 즐비한 물건들, 다양한 나라에서 온
여행자들로 북적거리는 시장은 우리가 여행 중이라는 걸 떠올리게 해주는
곳이다.

망고 아저씨 ←

짜뚜짝 시장에서
산 우드 식기들 ↑

난데없이 이발 !!
재밌는 물건, 독특한 음식도
많았지만 이런 의외의
← 풍경이 신기했던
짜짜뚜짝 시장

거리에서 만난 수선 할아버지

노점식당

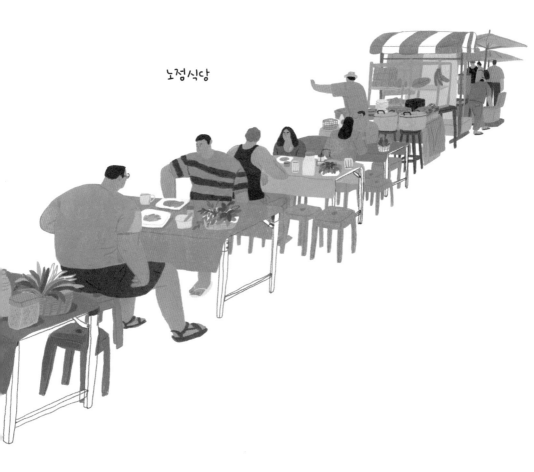

+ 과일 노점상 +

방콕 숙소 앞 테이블에 앉아 멍하니 거리 풍경을 바라보았다.
작은 과일 노점상에서 적당히 익은 망고, 시퍼런 파파야,
파인애플을 썰어 꼬치처럼 만들어 팔고 있었다.
과일 꼬치라니….
심지어 소금에 찍어 먹고 있었다.
평범한 그들의 일상도 다른 나라에서 온 우리에겐 특별하다.

+ 두근두근 첫 주문 +

방콕에 도착해 처음으로 식당에 들어갔다.

음식을 주문해야 한다는 생각에 가슴이 두근거리기 시작했다.

영어 울렁증에 성격도 소심한 편이라 주문을 하고

음식을 입에 넣는 순간까지 떨림이 멈추질 않았다.

그런데 음식이 너무 맛이 없어 깜짝 놀랐다.

가슴이 터질 뻔했는데 맛이 없어서 다행이었다.

뭐가 다행….

맛은 없었지만 첫 주문의 설렘과 긴장이 아직도 잊히지 않는다.

+ 방콕의 동네 풍경 +

관광지를 둘러보기보단 숙소 근처 동네를 많이 걸었다.
체력이 닿는 데까지 안쪽으로 더 안쪽으로 걸어 들어갔다.
우연히 만나는 동네의 여유로운 풍경이 좋았다.
인터넷에서 소개되지 않은 아기자기한 카페를 만나면 마냥 행복했다.

+ 방콕에서의 마지막 밤 +

내일 드디어 치앙마이로 떠난다.
중심가와는 좀 거리가 있던 숙소는 밤이 되면
동네의 불이 꺼지고 어둠으로 가득해진다.
우리는 출출한 배를 채우기 위해 밖으로 나갔다.
늦은 시간이라 편의점 말고는 기대를 하지 않았는데
저 멀리 작은 노점상 불빛이 보였다.
퇴근하는 사람들이 줄 서서 음식을 사 가는 듯했다.
어둠 속에서 요리하는 아주머니의 웍이 빤짝빤짝 빛을 낸다.
자연스럽게 사람들 뒤에 줄을 섰다.
우리 차례가 왔고 사람들 사이에서 팟타이 한 접시를 뚝딱 비웠다.
그날 먹은 팟타이가 태국에서 먹었던 팟타이 중에서 가장 맛있었다.
늦은 밤, 우연히 찾아온 행운이다.

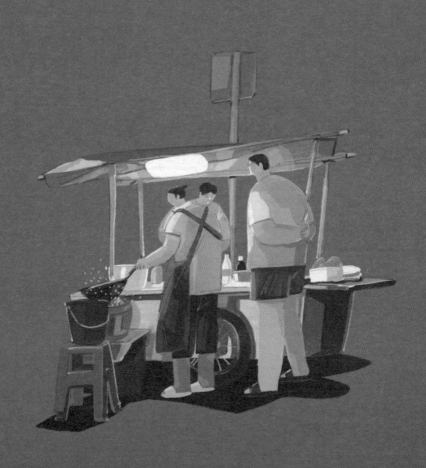

+ 방콕에서 먹은 음식 +

신중하게 메뉴를 고르는 율,
눈에 보이는 대로 사서 먹는 나.
아무거나 잘 먹는 율, 비위가 약한 나.

이상한 입맛이다.

+ 드디어 치앙마이 +

하늘 위, 몸도 뜨고 마음도 뜬 상태로 치앙마이로 향한다.
방콕 돈무앙 공항에서 치앙마이까지는 1시간 거리.
어떤 이유에서인지 1시간 넘게 비행을 했지만 도착할 기미가 보이지 않는다.
몇 번이나 비행기가 흔들렸고 하늘을 배회하는 시간이 길어질수록 불안감이
엄습해왔다. 기내에서 들려오는 안내 방송도 도통 알아들을 수 없었다.
정확한 이유도 모른 채 2시간이 지나서야 치앙마이 공항에 도착했다.
공포라는 첫인상을 남긴 치앙마이.

공항 창으로 치앙마이 풍경을 바라본다.
따뜻한 햇살에 놀랐던 가슴이 조금은 가라앉는다.
밖으로 나와 크게 한번 숨을 쉬니 더운 공기가 몸 안으로 훅 들어온다.
우리는 한참을 서서 마음을 진정시켰다.
놀라긴 했지만 우리의 첫 치앙마이 여행이 시작되었다.

+ 송태우 타기 +

공항에 도착해서 숙소로 이동하기 위해 교통수단을 알아보았다.
가장 먼저 눈에 들어온 빨간 송태우(songthaew).
인터넷을 검색해보니 짧은 거리는 60밧, 긴 거리는 150밧이다.
짧고 긴 거리는 그들이 판단하는 거겠지?
가슴이 콩닥콩닥 뛰기 시작한다.
목적지를 말하고 흥정하면 되겠지?
떨리는 마음으로 예약한 숙소를 말했고 200밧에 흥정을 마쳤다.
아니, 통보를 받고 "Yes"라고 대답했다.
돈을 더 낸 것인지 적당한 것인지 그때는 잘 몰랐다.
사실 지금도 잘 모른다.
우리는 이 과정 자체가 너무 힘들었다.
다섯 번을 여행하며 여덟 달 가까이 머물렀지만
송태우를 탄 건 손에 꼽을 정도다.
각자에게 맞는 교통수단을 찾으면 된다고 생각했기에
우리는 가까운 거리는 도보로, 조금 거리가 있는 경우엔
자전거와 스쿠터를 이용했다.

+ 공포의 송끄란 축제 +

태국의 송끄란 축제는 매년 4월 13일부터 3일간 열린다. 한 해의 건강을
빌어주고 악운을 씻어준다는 의미로 다른 사람의 몸에 물을 뿌린다.
치앙마이 여행을 계획하고 숙소와 가야 할 곳 등을 정할 때까지 이런
축제가 있다는 사실을 전혀 몰랐다.

우리가 치앙마이에 도착한 날은 공교롭게도 송끄란 축제가 시작되는
날이었다. 공항에서 숙소로 가기 위해 송태우에 탔을 때부터 물총 세례를
받았다. 송태우가 도로를 달리다 적색 신호등에 정차할 때면 외국인들이
난입해 물을 쏘아댔다. 거대한 물총, 물바구니까지 동원된 그들의 공격에
우리는 공포에 휩싸였다. 어렵게 숙소에 도착해 인터넷을 검색해보고 나서야
그날이 송끄란이라는 걸 알았다. 겁이 나서 밥을 먹으러 갈 때도 외진
골목으로 숨어 다녀야만 했다. 그러나 어김없이 아이들이 나타나 물을 뿌렸다.

다음 날 숙소를 나서려니 걱정이 앞섰다. 언제 닥칠지 모를 공격에 휴대전화를
방수 팩에 넣고 카메라를 가방 깊숙이 숨겼다. 두려움에 떨며 송태우를
탔는데 이번엔 기사님이 우리를 뒤 칸에 태우곤 자물쇠로 문을 잠가 버렸다.
나중에 내릴 때서야 우리를 보호하기 위해 그랬다는 걸 알았지만 그 상황이
물벼락보다 더 무서웠다. 말이 통하지 않으니 물어볼 수도 없고 어디로 팔려
가는 줄…. 송끄란 덕분에 태국의 문화를 직접 경험할 수 있었지만
지금 생각해도 그날의 공포는 잊지 못한다.

+ 밥도둑 +

기내식 메뉴판에서 망고밥을 처음 보았다.
밥 위에 망고라니!!
그 해괴한 메뉴를 보고 질색했던 기억이 난다.

여행 중 율이가 식당에서 망고밥을 주문했다.
먹어보라는 말에 나는 억지로 밥과 망고를 한 숟가락 입안으로 밀어넣었다.
달콤하고 쫀득한 밥알에 망고까지 달콤, 그 위에 뿌려진 연유까지 달콤.
이게 무슨… 너무 맛있다!!
그 후로 망고밥을 파는 노점상을 만나면 꼭 한 접시씩 뚝딱 비워냈다.

+ 땡모반 +

따가운 햇볕에 흐르는 땀을 닦아가며 동네 곳곳을 걷는다.
지쳐갈 때쯤 나오는 생과일주스 가게에서
머리부터 발끝까지 시원해지는 달콤한 수박 주스를 주문한다.

한국에 돌아와 시간이 지나고 더운 여름날이었다.
문득 땡모반이 생각나서 수박과 얼음을 갈고 시럽을 잔뜩 부어 주스를 만들었다.
머리부터 발끝까지 시원해지며 여행의 기억이 새록새록 떠올랐다.
동네 풍경부터 지나가던 여행자, 미소를 품은 듯한 태국 사람,
수박을 갈아주던 사장님 얼굴까지….
수박 주스 덕분에 우리는 잊고 있었던 여행을 추억할 수 있었다.

+ 선데이 마켓 +

올드시티 타패게이트에서부터 시작되는 거리를
화려한 불빛으로 채우는 선데이 마켓은 다양한 먹거리와
볼거리로 눈은 물론이고 배 속까지 즐겁게 해주는
일요 야시장이다.
느긋한 것, 여유로운 것, 한없이 멍 때리는 걸 좋아하지만
때때로 북적북적 활기찬 곳을 만나면 즐겁다.
숙소가 타패게이트 근처다 보니 일요일이 되면
항상 선데이 마켓에 들렀다.
몇 주를 계속 가다가 어느 순간 발걸음을 멈췄지만
시간이 지나면 또 그곳에 가고 싶어진다.

다시 활기찬 그 풍경 속으로 들어간다.

+ 아침 산책 +

우리는 아침잠이 많은 편이다.
늦게 잔 날은 잘 만큼 자는 것이고, 일찍 잔 날도 졸리면 더 자는 것이고….
여행 중 아침은 그렇게 찾아온다.

가끔 해가 뜨기 직전에 눈이 번쩍 떠질 때가 있다.
바깥 풍경은 아직 제 색을 찾지 못하고 온통 푸른빛을 띠고 있다.
우리는 손을 잡고 산책을 하러 나간다.
어느새 밝아온 아침, 바깥 풍경은 모두 제 색을 찾았다.

새들의 지저귐이 들리고 사람들이 하나둘씩 보이기 시작하면
정신이 맑아지고 기분이 좋아진다.
오늘은 왠지 즐거운 일들이 잔뜩 일어날 것만 같다.

+ 팟타이 +

"나 단것 별로 안 좋아하잖아."
내가 자주 하는 말이다.
살이 잘 찌는 편이라 단 음식을 피하려다 보니
입버릇처럼 그런 말을 하게 되었다.
달달한 게 안 좋을 수 있나!
입안에서 느껴지는 행복.

달콤함에도 여러 종류가 있다.
가벼운 달달 설탕, 향과 함께 깊은 맛을 내는 달달 꿀,
부드러운 달달 연유….

망고밥에 이어 달콤한 팟타이.
이 나라는 음식이 왜 이렇게 달달한 걸까?
팟타이 역시 아주 맛있게 잘 먹고 돌아다녔다.
어디를 가도 비슷한 맛을 낼 것 같은 음식이었는데
들어가는 재료도 식당마다 미묘한 차이가 있었다.
그저 달달한 면 요리가 아니었다.

+ 올드시티 스케치 +

첫 여행에서 우리는 스쿠터, 송태우, 택시 등을 이용하지 않았다.
두 달 남짓 오로지 걸음 여행이었다.
우리는 동네를 구석구석 걸으며
예쁜 골목과 치앙마이의 소소한 일상의 풍경을 만났다.

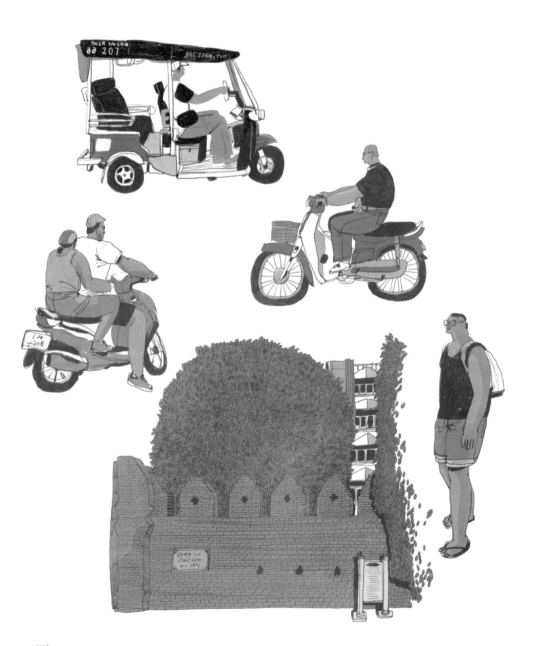

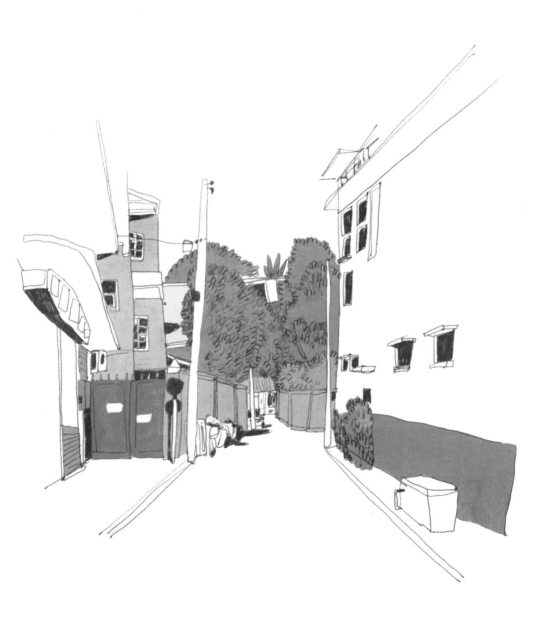

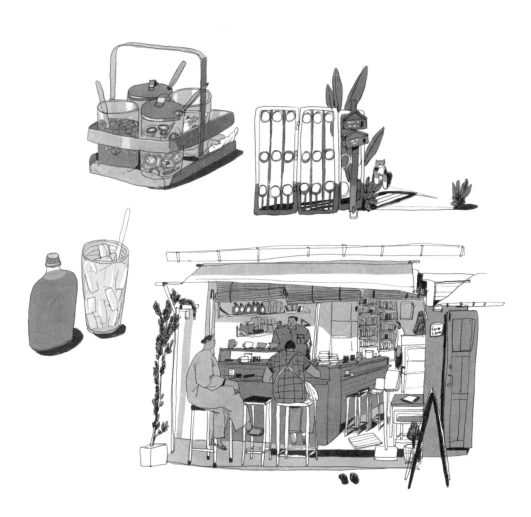

+ 달려라, 뚝뚝 +

첫 여행의 마지막 날, 비행기를 타기 2시간 전에 공항에 도착해서
여권 가방을 숙소에 놓고 온 것을 깨달았다. 뚝뚝(tuk tuk)을 잡아타고
공항에서 숙소까지 광란의 질주를 했다. 급하다고 말하니 정말 엄청난
속도로 달렸다. 우리가 밖으로 나가떨어져도 이 사람은 달리겠구나 싶어
정말 손에 쥐가 날 만큼 힘을 주었다. 그 후로는 한 번도 탄 적이 없다.

+ 사람 구경 +

카페 야외 테라스에 앉아서 멍하니 지나가는 사람들을 바라본다.
유럽 사람일까? 미국? 일본? 저 사람은 중국이군!
우리는 여행자들의 표정과 걸음걸이를 관찰하면서 반나절을 보낸다.
드로잉이나 스케치는 꼭 하지 않아도 된다.
아무것도 안 하고 몇 시간을 그렇게 보낼 때도 있다.
더 쉴 수 없을 만큼 몸이 노곤해지면 쓱 일어나 숙소로 돌아온다.

+ 요리는 즐거워 +

하루에 한 끼 정도는 숙소에서 음식을 만들어 먹었다.
태국 음식부러 지친 몸을 달래주는 한국 음식까지 다양한 요리에
도전하면서 성공과 실패를 오갔다. 다른 나라를 여행하며
요리를 한다는 건 그 나라의 문화를 알아가는 게 아닐까?
요리재료를 사기 위해 시장이나 마트에 가면 사람들이 채소는
뭘 많이 먹는지, 고기는 어느 부위를 선호하는지, 포장 방식은 어떤지….
가판대의 모습만 보아도 알 수 있는 것들이 참 많다.
시장에서 산 돼지껍데기 튀김을 율이가 좋아했는데 과자처럼 먹기도 하고
음식에 곁들여 먹기도 했다. 같은 재료지만 이렇게도 먹을 수 있구나 싶어
신기했다. 여행하며 요리를 하고 그 과정에서 우리와 다른 것들을 찾는
재미가 있다.

+ 시장 풍경 +

치앙마이엔 크고 작은 시장이 많다. 와로롯(Warorot) 시장,
쏨펫(Somphet) 시장, 므앙마이(Mueang mai) 시장 등
우리나라의 재래시장 같은 곳도 있고 꽃시장도 있다.

시장을 좋아해서 이곳저곳 정말 많이 다녔다.
무언가를 사기 위한 것보단 내가 보지 못했던 풍경에서 걷고,
보는 게 좋았다. 우리나라에서 보던 과일이나 채소가 있거나
생소한 것들을 보면 그저 신기했다.

그런데 머무는 기간이 길어지면서
시장은 필요한 물건을 사러 가는 곳이 되었다.
잡화가 필요할 땐 와로롯 시장, 과일이 먹고 싶을 땐 므앙마이 시장,
요리를 하고 싶을 땐 치앙마이대학교 후문 로열 프로젝트 숍 옆에서
열리는 파머스(Farmer's) 마켓에서 채소나 과일을 샀다.

+ 장 보기 +

시장에 들러 필요한 만큼의 과일과 채소를 바구니에 담고 저울을 잰다.
깎아달라고 한다거나 조금 더 달라고 눈빛을 보내본다.
어쩌다 덤으로 하나 더 받으면 세상을 다 가진 듯 행복해하며
장바구니에 담는다.
어느 땐 자주 오는 우리를 알아보고 반갑게 맞아준다.
외국에서 자연스럽게 장을 보는 우리의 모습이 신기해
마주 보며 웃음 짓는다.

+ 나나정글 +

일주일에 한 번 토요일 오전 8시부터 3시간가량 열리는 빵마켓이다.
빵이 메인이지만 과일주스, 잼, 과자, 과일 등의 먹거리와 아기자기한 소품도
판매한다. 숲 속에서 열리는 작은 파티 같은 마켓이라고 생각하면 될 것 같다.
여행하는 동안 나나정글만큼은 한 번도 빼먹지 않고 방문했다.
빵도 맛있지만 그날의 과정이 좋았다.

일어나고 싶을 때 일어나던 우리가 일찍 잠에서 깬 후 샤워를 하고
옷을 예쁘게 입는다. 숙소에서 나나정글까지는 스쿠터로 20분,
시원한 바람을 맞으며 그곳으로 향한다. 8시쯤 도착해 번호표를 받고 입장한다.
인기 있는 빵은 다 판매되고 없을 때가 많지만 상관없다.
무엇이든 함께 먹으면 다 맛있다. 무료로 주는 우유와 커피를 들고
나무 그늘에 앉아 둘이 수다를 떨며 빵을 먹는다. 그리고 마켓의 이곳저곳을
구경하고 주변을 산책한다. 숲길을 걷고 나무 사이로 비치는 햇살을 이용해
인생샷을 찍겠다며 둘이 포즈를 취하고 쇼를 해본다. 그렇게 둘이 즐겁게
놀다가 나나정글을 나오는 시간은 오전 9시를 조금 넘는다.
일찍 열리는 마켓이기에 나나정글을 갔다 와도 아침이다.
하루를 이렇게 시작하면 종일 기분이 좋다.

+ 카페투어 +

태국은 예전에 양귀비를 재배했고, 그 때문에 나라가 황폐해져서
국왕이 국책사업의 일환으로 양귀비밭을 커피밭으로 바꾸었다고 한다.
그런 노력 끝에 지금의 커피 생산국이 된 것이다.

커피 농사를 지을 정도면 커피가 얼마나 맛있을까?
우린 큰 기대를 안고 카페투어를 해보기로 했다. 커피맛에 대한
특별한 지식을 가진 건 아니었기에 카페투어를 하면서
세 가지 문장으로 맛을 평가했다.
"별론데!", "쏘쏘!", "맛있네!"
여행하면서
맛있다고 느낀 곳은
그래프(Graph),
아사마(Asama),
코튼트리(Cottontree),
옴니아(Omnia) 카페였다.

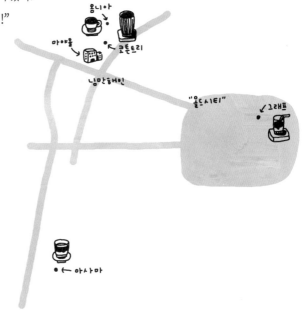

내 입맛에 맞는
카페를 찾는 것도
치앙마이에선
여행의 목적이 된다.

옴니아 카페 앤 로스터리
Omnia Cafe & Roasters
← Flat White

아사마 카페
Asama Cafe
Chiang Mai
Gravity

코튼트리 커피 로스터스
Cottontree Coffee Roasters
Cafe mocha

+ 고양이 +

여행을 왔다고 해서 항상 설레고 두근두근하는 건 아니다.
맛있는 걸 먹어도 우울한 날이 있다.
숙소에만 있으면 더 힘이 빠질 것 같아 단골 카페로 향했다.
저 멀리에서 걸어오는 고양이 한 마리.
다리 사이로 쏙 지나가더니 다시 우리 앞으로 온다.
테이블 옆에 있는 작은 의자 위로 올라가더니 갑자기 누워 버린다.
우리는 멍하니 이 녀석을 바라보았다.
'눈이 참 광휘롭구나!'
언제 우울했는지 기분이 좋아지기 시작한다.

+ 태국식 샐러드 +

절구에 마늘, 토마토 등을 넣고 빻는다.
거기에 설탕, 피시소스, 라임, 채 썬 파파야를 섞어 살살 버무리면 완성된다.

덜 익은 그린파파야를 이용해 만든 태국의 전통음식이다.
치앙마이에 꽤 오래 머물렀지만 입맛에 맞지 않아
세 번째 여행을 오고 나서야 솜땀을 먹을 수 있었다.
율은 첫 여행 때부터 최애하는 태국 음식으로 솜땀을 꼽는다.
나는 여전히 한두 입 먹고 끝내는데 율이는 숟가락에 밥과 함께
솜땀을 한 땀 한 땀 올려 마지막 한입까지 야무지게 먹는다.

+ 외국인 +

여행 중 외국인을 만나는 건 참 신기한 일이다.
몇천 킬로미터는 떨어진 곳에서 살던 사람들이 치앙마이에서 마주친다.
각기 다른 나라의 여행자.
알 턱이 없는 사람들이지만 길을 걷다가 식당에서 밥을 먹다가도
눈길이 닿으면 서로 가볍게 눈인사를 한다.
약속한 것도 아닌데 같은 사람을 또 마주칠 때가 있다.
또 반갑게 인사를 한다. 생각해볼수록 신기한 일이다.

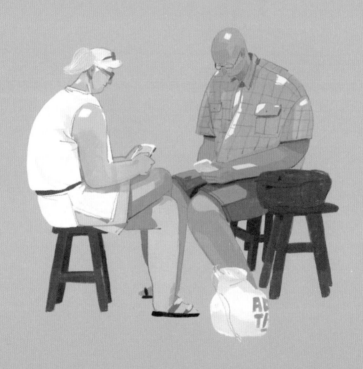

+ 매연과 미세먼지 +

스쿠터를 빌린 후로 활동반경이 넓어졌다. 가까운 곳은 더 자주 갔고
멀어서 엄두가 나지 않던 외곽의 작은 동네까지 갈 수 있었다. 하지만 시내
도로를 달릴 때 올드카가 많다 보니 매연이 엄청났고, 중심가를 벗어나면
아무래도 도로 사정이 좋지 않아 흙먼지가 많이 날렸다.
치앙마이가 워낙 미세먼지가 심각한 곳이라 마스크가 필수였다. 처음엔
뭣도 모르고 마스크 없이 외출했는데 나갔다 오면 콧속에 꺼먼 코딱지가
그득했다.

2~4월은 화전을 하는 시기라 미세먼지가 엄청나게 증가한다.

+ 코코넛 케이크 +

숙소 근처에 자주 가는 카페가 있는데 오후에 가면
코코넛 케이크가 다 팔리고 없다.
몇 번의 도전 끝에 코코넛 케이크를 주문했다.
부드러운 코코넛 크림이 한가득!
"맛있네. 너무 달지 않고."
다음 날 다시 카페를 찾아 코코넛 케이크를 먹었다.
"맛있네. 훌륭해."
다음 날도 먹었다.
"부드러워. 진한 아메리카노랑 잘 어울린다."
그다음 날도 먹었다.
"먹을수록 맛있네."

+ 아보카도 +

한국보다 가격이 훨씬 저렴하고
마트보다는 시장이 더 싸다.
회처럼 얇게 썰어 김에도 싸 먹고
비빔밥과 샌드위치에도 넣어 먹고
과카몰리도 만들어 정말 원 없이 먹었다.

+ 동화 같은 동네 +

카페투어를 하기 위해 목적지를 정하고 스쿠터에 몸을 실었다.

오래 여행을 하다 보니 치앙마이 지도가 머릿속에 그려진다.

가는 길에 살짝 방향을 틀었다. 어디에 무엇이 있는지 파악한 다음부터

꼭 정확한 길로 갈 필요가 없어졌다. 지름길을 찾기도 하고 기분에 따라

방향을 바꾸기도 한다.

그렇게 달리다 보면 뜻밖의 풍경을 만나게 된다.

우리는 스쿠터를 세웠다. 목적지는 잊어버리고 그곳을 한참 걷다가

우연히 나온 솜땀집에 들어가 출출한 배를 달래기도 하고

사람 하나 없는 길가의 상점에서 간식을 사 먹기도 한다.

치앙마이의 작은 동네에서 일상을 보내는 사람들의 모습이

하나의 이미지로 다가왔다. 모든 것이 동화 같았다.

그 후로 우리는 가끔 목적지 없이 치앙마이를 달렸다.

127

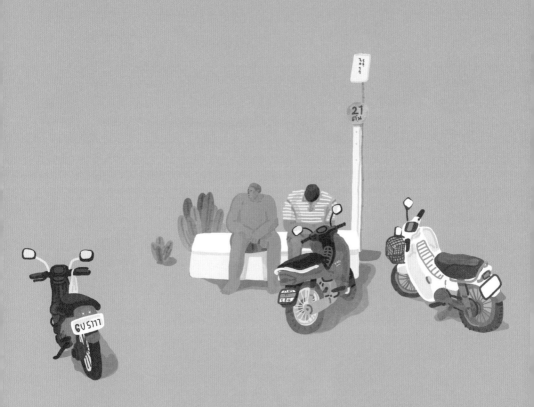

+ 우리의 작은 맛집 +

제일 좋아하는 까이양(닭구이)을 파는 곳도 올드시티에 있는
노점상이었고 자주 가던 팟타이집 역시 '콧수염 팟타이'라는 노점상이었다.
숙소 앞에 있던 커피트럭의 카페라테, 동네 시장 앞 노점상에선 아빠가
반죽을 하고 엄마가 빵을 튀기고 딸이 콩물과 함께 포장해서 판매하는
빠떵꼬(아침에 콩물과 함께 먹는 찹쌀을 튀긴 빵)를 자주 먹었다.
1년에 한 번씩 치앙마이를 여행할 때면 '아직 그 노점상이 있을까?' 하고
걱정했었다. 길가에 있는 작은 식당이다 보니 언제 없어져도 이상하지
않기 때문이다.

치앙마이에 도착해 떨리는 마음으로 그곳으로 향한다.
저 멀리 우리의 작은 맛집이 보이면 마음이 놓인다.

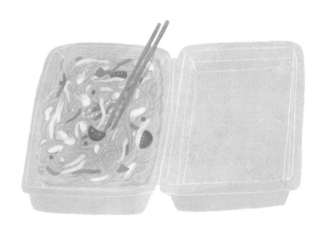

+ 치앙마이 사원 +

오랜만에 아침 일찍 일어나 동네를 산책했다.
빵이라도 사볼까 해서 슬리퍼를 끌고 어슬렁어슬렁 걸었다. 아직 빵집이
문을 열지 않았다. 다시 숙소로 들어가기도 뭐해 주위를 둘러보니 왓 체디
루앙(Wat Chedi Luang)이 눈에 들어왔다. 금빛 찬란한 사원이라서 선뜻
들어가지지 않던 곳이다.
딱히 할 일도 없었기에 우리는 사원 안으로 들어갔다.
이른 시간이었는데도 불구하고 기도하는 분들, 우리처럼 산책하듯 편안한
복장으로 걷는 사람들, 그리고 스님들이 보였다.
고요한 공기, 울려 퍼지는 목탁 소리, 위엄 있는 사원과 탑.
사원에서 좋은 느낌을 받았던 우리는 그날 바로 가방을 챙겨 치앙마이의
대표 사원인 도이수텝(Doi Suthep)으로 향했다.
숙소와는 스쿠터로 40분 거리. 험난한 산길 도로를 운전해 오르기 시작했다.
가는 길이 쉽진 않지만 도착한 후 좋은 기운을 잔뜩 몸에 받아들였다.
산 위에 위치하여 치앙마이 시내가 한눈에 들어왔다. 파란 하늘과 하얀 구름,
녹색 나무가 가득한 치앙마이를 우리는 오랫동안 바라보았다.

137

+ 하얀 실 +

사원에 방문했을 때 스님이 하얀 실을 우리 팔목에 묶어주셨다.
하얀 실은 태국어로 '싸이씬'이라고 하는데
팔목에 묶어주는 건 안녕을 기원하는 의미라고 한다.
싸이씬을 보고 있으니 악운은 모두 사라지고 행운이 찾아올 것만 같은
기분이 든다. 율이는 며칠 후 싸이씬을 풀어 소중히 간직했고,
나는 왠지 풀면 안 될 것 같아 실이 누렇다 못해 새까매질 때까지
팔목에 묶고 다녔다.

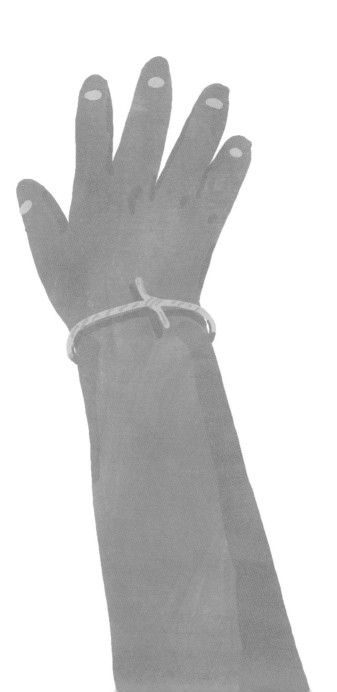

+ 미소 +

오래전 인도를 여행했을 때 길을 걷다가도 카메라로 사람을 찍고, 건물을 찍고,
풍경을 찍었다. 길가에 누워 있는 소도 찍고 찌그러진 캔콜라도 찍었다. 사진을
잘 찍는다고 생각한 적이 없는데 사진 속 풍경이 예술 같았다.
뭘 찍어도 잘 나오던 인도는 소똥을 찍어도 색감과 어우러져 기막히게 나왔다.
그만큼 멋진 곳이었다. 그렇지만 사기도 당하고 고생도 많았다.
두 달 넘게 여행하는 동안 나는 미소를 잃어버렸다.
첫 배낭여행이라서 더 심했을지 모르겠다.

하여튼 이런 걱정을 안고 치앙마이에 도착했다.
하루, 이틀이 지나고 1주일을 넘기면서
우리는 이곳이 무서운 곳이 아니라는 것을 깨달을 수 있었다.
치앙마이를 떠올리면 제일 먼저 생각나는 것이 사람들의 미소다.
언제 어디서건 눈이 마주치면 환하게 웃어주던 사람들 덕분에 기분이 좋았다.

문득 내 미소는 어떨까? 궁금해졌다.
숙소에 도착해 진지하게 거울을 보고 나에게 미소를 보낸다.
'내 미소가 이렇게 어색했어?'
기분 좋은 미소를 선물받았는데 나는 그러지 못한 것 같아 미안했다.
율 앞에서 나는 한참 동안 자연스러운 미소를 연습했다.

+ 페이퍼 스푼 +

녹색 식물로 가득한 카페, 빈티지한 나무 테이블,
예쁜 접시 위에 놓인 스콘 한 조각.
치앙마이를 검색하다 찾은 사진 속 모습이다.
이 사진 한 장을 보고
우리는 치앙마이 여행을 결정지었다.

+ 지버리시 숍 +

가보고 싶은 곳 중 하나였는데 숙소와는 스쿠터로 40분 거리라서
결정이 쉽지 않았다. 차일피일 미루다 여행이 끝날 것 같아 날을 정했다.
도로에 차가 많진 않았지만 더운 날씨에 내리쬐는 햇빛 때문에 힘이
들었다. 가는 길에 편의점이 보이면 시원한 음료를 마시며 쉬엄쉬엄
그곳으로 향했다.
어느 순간부터는 편의점 하나 없는 시골 풍경이 펼쳐졌다. 1시간 넘게 걸려
지버리시 홈메이드 자카(Jibberish Homemade Zakka) 숍에 도착했다.
이곳은 카페도 아니고 식당도 아니다. 직접 천연염색한 옷이나
작고 귀여운 소품을 판매하는 아트숍이다. 주위엔 아무것도 없다.
마치 무인도에 덩그러니 예쁜 소품숍이 있는 느낌이다.
옷이며 소품이며 모두 예뻐서 좋았지만 집보다 큰 나무 사이에 놓인
빈티지한 가게가 마음에 들었다. 공기에 색깔이 있다면 지버리시 숍 주변은
따뜻한 느낌을 주는 노란색일 것 같았다.
이곳은 우리에게 물건을 파는 가게가 아닌 예쁜 풍경 같았다.

+ 함께한다는 것 +

손을 잡고 걷기도 하고, 가끔 뒤에서 율을 따라 걷기도 하고,
몇 발 앞장서서 걷기도 한다. 같은 풍경을 볼 때도 있고
서로 다른 곳을 볼 때도 있다.
마지막엔 꼭 같은 곳을 바라보고 함께 걷는다.
여행하면서 우리는 새로운 풍경을 함께 보고 느낀다.

자전거를 타고
가는 뒷모습을
보는게 참 재밌어!!

자전거는
낭만적이야!!

+ 호시하나 빌리지 +

우리는 수영장 의자에 기대어 앉아 풍경을 바라보았다.

녹색 나무, 푸른 하늘, 하얀 구름, 파란 수영장.

움직이는 거라곤 천천히 하늘을 배회하는 하얀 구름뿐이다.

머릿속에 있던 잡념이 하늘 위 구름과 함께 날아간다.

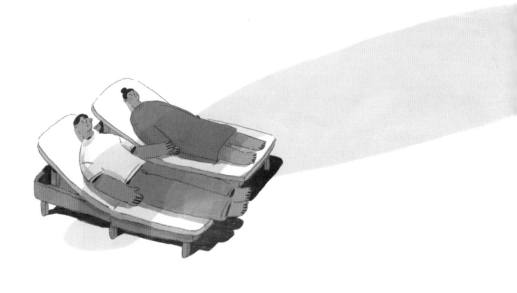

+ 더반 카페 +

여행을 왔지만 여전히 일을 해야만 했다. 작업 후 결과물을 보내고
다시 확인을 받고 수정하는 일을 반복하다가 숙소의 느린 인터넷 탓에
일하는 시간 못지않게 파일을 전송하는 데 시간을 써야 했다.
결국엔 작업하기 좋은 카페를 찾아 나섰다. 인터넷이 원활하고,
편안한 의자가 있고, 커피가 맛있고, 손님이 적당히 있는….

그렇게 찾다가 발견한 카페 더반(The Barn).
무언가를 작업하거나 공부하는 학생들이 많아서
오래 있어도 눈치가 보이지 않았다.
커피도 맛있고, 좋아하는 코코넛 케이크도 있었다.
무엇보다 좋았던 건 동네의 풍경이다.
자전거를 타는 학생들, 오토바이에 채소를 싣고 판매하는 아저씨, 노점상,
대문 앞 꽃에 물을 주는 할머니, 누워서 우리를 쏘아보는 고양이,
해 질 무렵 주황빛 가득한 풍경.

작업하다가 몸이 지치면 카페의 노상 테이블에 앉아 이 평화로운 일상을
바라본다. 치앙마이 사람들의 소소한 일상을 보고 있으면 마음이
편안해지고 입가엔 열은 미소가 흐른다.

+ 조식 +

나는 조식에 대한 로망이 있다. 여행지에서 외국인들 사이에서
아메리칸 브렉퍼스트를 멋스럽게 먹는 모습은 상상만 해도
아주 만족스럽다.
올드시티에서 묵었던 숙소는 조식이 7시부터 9시까지였다. 나오는 메뉴는
토스트 두 조각, 소시지, 달걀 2개, 과일 한 접시 그리고 커피 한 잔.
율이는 이틀 정도 조식을 먹고 난 후 매일 같은 메뉴에 일찍 일어나야
한다는 부담감을 이기지 못하고 조식보다는 아침잠을 선택했다.
나는 2주 동안 하루도 빠지지 않고 7시 30분에 일어나 조식을 먹었다.
두근두근 설레는 마음을 안고 숙소의 식당으로 가는 길.
여행지에서의 조식은 여행의 일부라고 생각한다.

+ 맥도날드와 스타벅스 +

가방에 드로잉북을 넣고 카메라를 챙기고
가야 할 곳을 지도에서 체크한 후 숙소 밖으로 나왔다.
오늘 따라 무겁게 느껴지는 가방.
20분을 걸어 도착했는데 휴일이었다.
차선책으로 정해놓은 곳으로 갔다.
역시 문을 닫았다.
오늘 따라 날씨도 너무 덥다.
주위에 카페며 식당은 많은데 이상하게 마음에 들지 않는다.
온통 태국어, 영어 간판….
오늘 따라 정신없게 느껴진다.

휴대폰을 꺼내 가장 가까운 맥도날드나 스타벅스를 찾았다.
다행히 가까운 곳에 맥도날드가 있다. 그곳으로 걸음을 재촉한다.
햄버거와 콜라, 아이스크림을 주문하고 자리에 앉았다.

계획이 틀어지거나 낯선 공간에 정신이 나갈 때 찾게 되는 건
익숙한 공간이다. 우리는 맥도날드나 스타벅스를 찾았다.
편하게 앉아 머릿속을 정리하고 안정이 되면 그제야 밖으로 나갔다.

+ 매깜뽕 가는 길 +

치앙라이, 빠이, 치앙다오, 매림, 매깜뽕 등 치앙마이 근교엔
예쁜 지역이 많다. 한번 꼭 가보고 싶다고 생각했지만 말뿐이었다.
그러다 우연히 나무 가득한 풍경 사이로 보이는 태국의 전통가옥과
그들의 일상을 담은 사진을 보았다.
3시간 거리였지만 우리는 그 사진에 매료되어 매깜뽕 여행을 준비했다.
아침 8시에 출발해서 11시 전에 도착하자는 계획을 세우고
스쿠터에 몸을 실었다. 치앙마이를 벗어나는 데는 오랜 시간이
걸리지 않았다. 하지만 달려도 달려도 거리는 줄어들지 않았다.
그만 포기할까 싶은 찰나에 저 멀리 과일주스를 파는 노점상이 보였다.
우리는 주스를 마시고 어느 정도 기운을 차렸다.
그러고는 여기까지 왔는데 이대로 포기할 순 없다며
다시 매깜뽕으로 향했다. 과일 노점상 이후론 슈퍼 하나가 없었다.
8차선 도로를 끝없이 달리다가 드디어 시골길로 방향을 틀었다.
거기서 우리는 지금도 잊지 못할 아름다운 풍경을 만났다.
나무로 둘러싸인 채소밭 사이로 보이는 멋스러운 오두막, 끝이 보이지 않을
만큼 드넓은 해바라기밭을 마주 대하니 힘들었던 순간들이 잠시나마 잊히는
듯했다. 다시 숙소로 돌아가야 하기에 오랜 시간 머물진 못했지만,
동네의 아름다운 풍경을 눈과 마음으로 담았다.

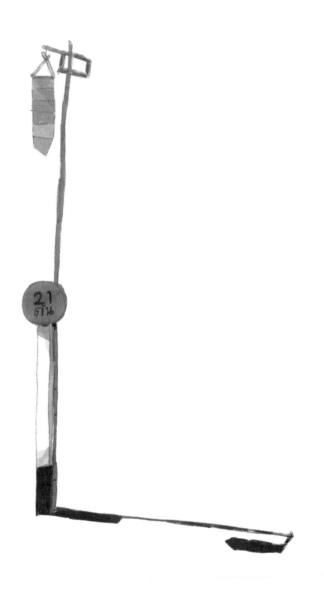

+ 길거리 음악 +

늦은 저녁 타패게이트 앞을 지날 때면
나이가 조금 들어 보이는 남자가 기타를 치며 노래를 부른다.
그의 노래를 듣는 사람은 많지 않다.
가끔 귀에 익은 올드팝을 부를 때가 있다.
우리는 그가 부르는 노래를 조그마한 소리로 따라 부르곤 했다.
그 자리에 한참을 머물다가 주머니에서 돈을 꺼내
그의 기타 가방 안에 넣고 다시 집으로 향한다.
잔잔한 음악 소리가 기분 좋아지는 오늘이다.

+ 여행하는 할아버지 +

배낭을 메고 휴대폰 화면에서 구글 지도를 확인하며
길을 찾고 있는 할아버지 한 분이 주위를 연신 두리번거리다
방향을 정하고 걸음을 뗀다.
우리는 여행하는 외국인 할아버지의 뒷모습을 한참 바라봤다.
여행할 때 다짐이라도 하듯 이런 말을 했었다.
"이번이 푸르른 시절의 마지막 여행일 수도 있어! 언제 또 오겠어!"
우리가 백발이 되어 배낭을 메고 구글 지도를 보며
여행한다는 것은 상상할 수도 없었다.
하지만 꿈꿔보기로 했다.
나이가 들어도 둘이 두 손 꼭 잡고 지금 같은 복장으로
최신 휴대폰과 카메라를 능숙하게 다루며 멋지게 여행하자고 말이다.

+ 패션의 변화 +

어려 보이고도 싶고, 부부 느낌 나게 입어보고도 싶었다.
여행인데 예쁘게 보이면 좋잖아?
하루, 한 주, 한 달이 지나면서
미세먼지, 따가운 햇볕에 우리의 옷차림은 조금씩 변해갔다.

1 DAY

30 DAY

+ 동네 미용실 +

언제나 불편하고 갈 때마다 어색한 곳,
하루하루 미루다 안 되겠다 싶어 찾는 곳이 미용실이다.
모자만으론 더 이상 감춰지지 않을 정도로 머리카락이 많이 자랐다.
오늘은 큰맘 먹고 숙소 근처 작은 미용실에 갔다.
뭐라고 해야 하지? 사진을 보여주면 되나?
말 안 통한다고 대충 자르는 건 아니겠지?
영어에 자신이 없다 보니 걱정부터 앞선다.
의자에 앉아 서로 눈을 마주쳤다. 어색한 공기가 흐른다.
미용사에게 내 예전 머리 스타일이 담긴 휴대폰 속 사진을 보여주며
수신호를 보냈다. 그가 고개를 끄덕인다. 다행히 소통되었다.
반짝이는 아주 고급스러운 가위를 꺼내 머리카락이 비단이라도 되는
것처럼 한 올 한 올 정성스럽게 가위질을 한다.
10분, 20분 거의 끝나가는 듯하다.
말이 통하지 않는 외국인 손님의 머리를 정말 조심스럽게 다듬어줬다.
모양은 아주 마음에 든다. 깔끔하게 미용을 하고 기분 좋게 숙소로
돌아왔다. 그 후로도 한 달에 한 번 그 미용실을 찾았는데
매번 나를 기억하고는 역시나 말없이 머리를 정성스럽게 깎아줬다.
외국에서 이렇게 마음 편히 머리를 맡길 곳이 있다는 게 참 좋았다.

+ 우연히 만난 여유 +

낯선 공간을 여행한다는 건
언제 나올지 모르는
아름다운 풍경을 기다리는 것과도 같다.

우리는 스쿠터를 타고 골목을 달린다.
여러 갈림길이 나온다.
"어느 쪽으로 갈까?"
"오른쪽."
방향을 틀고 달린다.

그렇게 달리다 어느 한적한 동네에서 잠시 멈춰 섰다.
이 아름다운 풍경에, 이 공간에
우리가 있는 것만으로도 따뜻해지는 기분이다.

동네의 작은 슈퍼에 들어가 콜라 한 병을 샀다.
주위를 둘러보며 앉을 만한 장소를 찾았다.
콜라를 나눠 마시다 보니
어느새 고양이 한 마리가 곁에 누워 쉬고 있다.

+ 일기 +

일상으로 돌아간 어느 날, 컴퓨터에서 여행 폴더를 클릭했다.
사진을 넘기다 보니 그곳에서 보낸 날들이 자연스럽게 떠오른다.
우리가 함께 쓴 치앙마이 일기장도 읽어보았다.
사진만으로 알 수 없었던 그때의 상황, 그날의 감정이 하나둘씩 생각난다.
그리고 파노라마처럼 지나가는 장면들.
우리는 그때를 추억하며 한참을 즐겁게 이야기했다.
일상의 기록은 이렇게 또 다른 추억이 된다.

+ 태국 마사지 +

몸이 무겁고 무엇을 해도 피로가 풀리지 않는 날엔
동네의 이름 없는 작은 마사지숍으로 향한다.
들어가면 따뜻한 차를 내어준다.
차를 마시고 헐렁한 반바지와 티셔츠로 갈아입는다.
그리고 온몸에 힘을 빼고 엎드린다.
이리 비틀고 저리 비틀고 누르고 당기고
우두둑우두둑!
내 몸에서 나는 소리가 맞는 건가?
1시간 반가량 마사지를 받고 나면 온몸의 피로가 씻은 듯 사라진다.
가격은 300밧, 한국 돈으로 11,000원쯤 된다.
여기 아니면 어디서 이런 호사를 누릴 수 있을까?

+ 콘파이 +

튀김빵 속에 옥수수와 달콤한 연유가 가득 들어간 콘파이.
충분히 예상 가능한 맛이다.
여행하다 지치거나 태국 음식이 당기지 않는 날이면
우리는 맥도날드에서 콘파이를 먹었다.
그리고 여행 첫날과 마지막 날은 공항에서
치앙마이에 인사하며 콘파이를 먹었다.
특별한 맛은 아닌데 여행을 생각하면 항상 콘파이가 생각난다.

+ 빛나는 공간 +

치앙마이에 도착해 여행 전 예약한 숙소로 향했다.
생각한 것보다 오래된 아파트였다.
낡은 엘리베이터의 숫자가 천천히 바뀌며 내려왔다.
문득 우리가 서 있는 공간을 둘러보았다.
딱히 특별할 것 없는데 공기가 참 따뜻하게 느껴진다.
창에서 들어오는 빛, 벽에 칠해진 빛바랜 파란 페인트가 예뻤다.

치앙마이를 여행하면서 자주 이런 공간을 만났다.
자연의 빛이 낡음이라는 자연스러움과 어우러져
아름다운 공간을 만들어낸다.
공기마저 색이 있을 것 같은 공간들.
그런 공간을 만날 때면 우리는 한동안 그곳에 동화되었다.

+ 이너프 포 라이프 빌리지 +

님만해민 근처 숙소에서는 스쿠터로 20분이 걸린다.
햇볕이 뜨겁게 내리쬐는 날, 4차선 도로를 달렸다.
큰 도로를 달리다 동네 길로 조금만 들어가면 이너프 포 라이프 빌리지가
나온다. 하지만 우리는 그 전에 방향을 틀었다. 가는 길이 조금 멀어졌지만
상관없다. 이 길을 선택한 이유는 양쪽으로 길게 늘어선 나무의 그늘
때문이다. 햇빛을 피해 동네 풍경을 구경하며 시원하게 달릴 수 있다.
이쪽저쪽 방향을 꺾어가며 한참을 달려 도착했다.

이너프 포 라이프 빌리지는 작은 카페와 숙소, 다양한 소품을 파는 아트숍이
함께 있는 공간이다. 마당에 들어서면 푸근한 공기가 우리를 감싼다.
이곳저곳 둘러보다가 햇볕에 익은 몸을 식히기 위해 차가운 커피를 한잔
마신다. 아트숍에는 치앙마이에서나 볼 수 있는 소품들이 빈티지한 가구
위에 진열되어 있다. 소품을 파는 가게가 아니라 예쁜 소품 전시장을 찾은
느낌이다. 우리는 한참을 고민하며 마음에 드는 물건을 골랐다.
율이는 꽃이 인쇄된 예쁜 유리잔을, 나는 색이 고운 초록색 드리퍼를
구매했다. 예쁘게 포장된 유리잔과 드리퍼.
왠지 덤으로 치앙마이의 따뜻한 감성도 함께 받은 느낌이다.
님만해민에 있다가 반캉왓 근처에 있는 이너프 포 라이프 빌리지에 오니
이제야 진짜 치앙마이로 여행을 온 느낌이다.

+ 혼자 온 치앙마이 +

책 작업을 위해 보름가량 혼자 치앙마이를 여행했다.

율은 급한 마감 때문에 시간을 낼 수 없었다.

9년간 한 번도 떨어져 본 적이 없어서 떠나기 직전까지도 걱정이었다.

'내가 혼자 잘할 수 있을까?'

그런데 막상 공항에 도착하니 묘하게 발걸음이 가벼워진다.

겁도 났지만 오랜만에 느껴보는 자유에 기분이 좋았다.

종일 걸으며 사진을 찍고 사야 할 물건도 구입하면서 바쁘게 하루를 보냈다.

혼자라는 느낌도 나쁘지 않다고 생각했는데 이틀째 되자 이야기를 듣고

들어줄 율이가 없다는 것에 대한 공허함이 밀려왔다.

그래도 치앙마이에 오면 꼭 먹어야지 했던 팟타이를 먹고 차옌을 마셨다.

3일째부턴 하루 세 번 음식을 챙겨먹어야 한다는 게 일처럼 느껴졌다.

다음 날부터는 빵이나 간단한 과자로 끼니를 때우기 시작했다.

5일째, 지갑을 잃어버렸다.

그다음 날에는 숙소 열쇠를 잃어버리는 바람에 엄청난 고생을 했다.

7일째, 8일째, 9일째… 오는 그날까지 온통 실수투성이인 나를 발견했다.

항상 내가 율이를 챙겨주고 보호하고 있다고 생각했는데 그 반대였을지도

모른다는 생각을 하게 되었다. 여행을 끝내고 돌아오는 길에 다시는

혼자 여행하는 일은 없을 거라고 다짐했다.

+ 함께라서 행복한 여행 +

함께 고민하고 서로를 봐주고
좋아하는 것들이 같은 사람과 여행을 한다는 건
엄청난 행복이다.

+ 필름 카메라 +

여행하다 보면 순간의 빛이 공간을 예쁘게 감쌀 때가 있다.
그럴 때 필름 카메라를 재빨리 꺼내 몇 컷을 찍는다. 필름이 한정적이라
마음껏 찍을 수는 없지만 남는 아쉬움은 디지털 카메라로 달랜다.
여행이 끝나면 필름을 사진관에 맡기고 며칠이 지나 확인해본다.
어떤 순간이 찍혔을지 알 수 없다. 예상하지 못한 사진에 반가울 때도 있고
의도하지 않은 빛의 효과에 감동할 때도 있다. 너무 촌스럽게 나와서
깔깔 웃을 때도 있다. 드문드문 찍어서 언제였는지 기억도 희미한
필름 사진은 우리가 놓쳤던 여행의 순간을 돌려받는 기분이다.
그래서 여행을 떠날 때 가방에 꼭 필름 카메라를 넣는다.

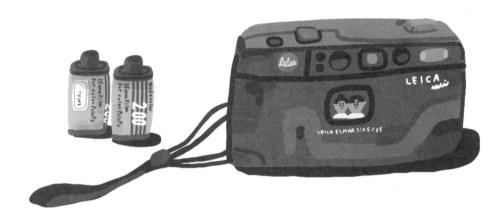

+ 타이 밀크티 +

아침에 일어나 단골 식당으로 향한다.
따듯한 밀크티와 함께 밥을 먹는다.
숙소로 돌아오는 길에
이번에는 시원한 밀크티를 사서 마신다.
여행하다 더우면 시원하게 또 한 잔 마신다.

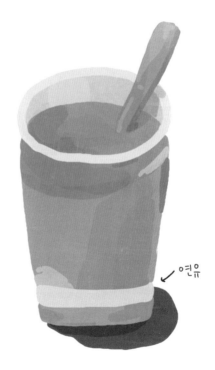

연유

+ 녹색 풍경 +

걷기 좋은 동네에서는 몇 시간을 걸어도 지치지 않는다.
좋아하는 풍경을 바라보면 눈이 맑아진다.
모두 녹색 식물로 가득한 곳이다.
치앙마이를 여행하며 우리는 꽃과 나무가 가득한
풍경을 매일 만날 수 있었다.

+ 길거리 음식 +

길거리에서 사 먹는 음식들이 대부분 20밧, 30밧이다.
비싸 봐야 50밧, 한국돈 2,000원을 넘지 않는다.
저렴하다고 생각하니 보이면 일단 사서 입안에 넣고 본다.
"맛있네.", "요건 다음부턴 사 먹지 말자.", "요건 100개도 먹을 수 있겠어."
그렇게 먹다 보니 우리가 좋아하는 간식들이 생겼다.

열대과일 ↗

코코넛 아이스크림 ↖

달걀 노른자로 만든
지단 '훠이텅'
↘

코코넛 크림 ←

철판에
구어낸 쌀반죽 ↖

↖ 카놈브앙

로띠 ↘

↖ 카놈크록

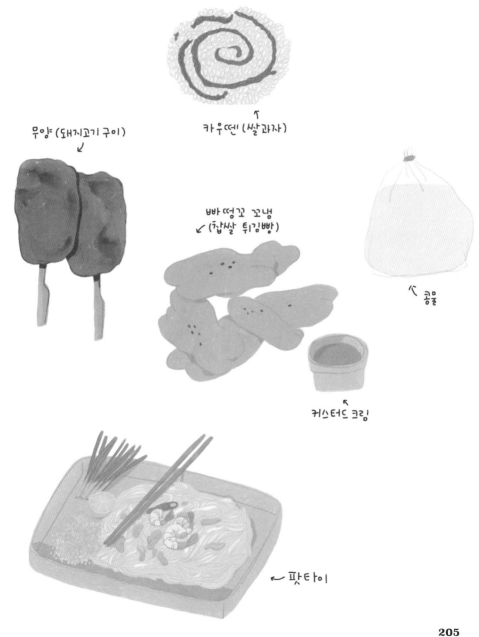

무양 (돼지고기 구이)

카우뗀 (쌀과자)

빠떵꼬 꼬냉
(찹쌀 튀김빵)

콩물

커스터드 크림

팟타이

+ 빈티지 소품 +

식당에 들어가 음식을 주문하고 기다렸다.
식당 한편에 놓인 양념병이 참 예쁘다.
밥을 먹고 숙소에 도착해 냉장고 문을 열었다.
유리병 생수가 보인다. 이것도 예쁘다.
동네를 산책하다가 우연히 잡화를 파는 가게를 발견했다.
낡은 물건들 사이에서 빈티지한 유리잔, 커피잔이 보인다.
치앙마이다운 소품이 보일 때마다 하나둘씩 샀더니
어느새 집에 있는 진열장이 가득 찼다.
가끔 아무짝에도 쓸모없는 것까지 사서 후회될 때도 있지만
시간이 지나면 하나하나 발견했을 때의 설렘이 떠오른다.
추억의 도구로서 충분히 가치 있는 것들이다.

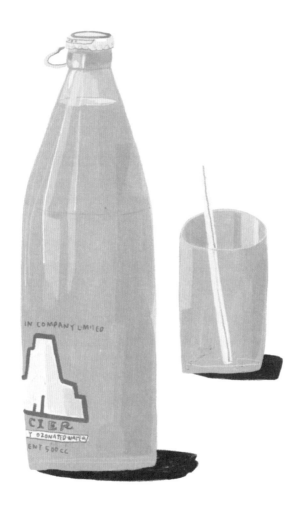

+ 누룽지와 무장아찌 +

 치앙마이로
떠나기 이틀전
엄마에게서
택배가 왔다.

그것은 . . .

누룽지와
무장아찌

짐도 많은데
이런 걸 왜
보냈대!!

난 태국 음식에
푹 빠져
불 생각이라고!

난 너무 좋은데!!
가져가자!

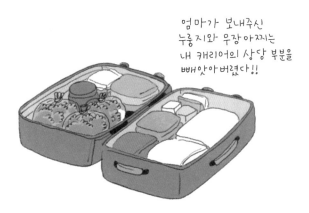

엄마가 보내주신
누룽지와 우장아찌는
내 캐리어의 상당 부분을
빼앗아버렸다!!

태국 음식이 맞지 않아서인지
설사와 싸웠고 점점 말라가고 있었다.
한번 비위가 약해지니 식욕은 돌아오지 않았다.

집에 가고
싶다. 아직
72일 남은
건가?

끌 끌 끌
끌 끌 끌···

꾸룩 꾸룩
꾸룩

안 먹어도 줄줄줄 설사···
먹어도 줄줄줄 설사···
괴로워···

누룽지와 무장아찌!!

속이 진정되는
느낌

후루룩룩룹

신기하게도 누룽지와 매콤한 무장아찌를
먹고 나니 거짓말처럼
설사가 멈췄고 기력과 함께
식욕도 조금씩 돌아오는 듯했다.

엄마의 음식은
만병 통치약!!

팟타이
먹으러 가자!!

쏨땀!!

+ 친절한 치앙마이 사람들 +

이곳저곳
가보고 싶은데...
걷기에 멀고
송태우는 타면
탈수록 불편하고...

스쿠터를
빌려 볼까?

멋진데!!

두근 두근
두근 두근

내 모습 어때?
사진 한장 찍어줄래?

시원한 바람 맞으며
목적지 도착!!

진작에
빌릴 걸 그랬어!!

그렇게
말이야!!

??　응?

우릴 부르는 건가?

어머나!!
무서워!!

그 이후로도 몇 번 가방이며
지갑, 휴대폰을 잃어버렸지만,
매번 찾아주고 챙겨주었던
고마운 치앙마이 사람들

+ 행복을 가져다주는 찡쪽 +

두 번째 찡쭉을 만난 날

잡았다.

얼렁 집에 가!!

너무
무서워!!

집에 들어오는
찌짐쪽은
행운을 가져다준대!!

✦ 세 번째 ✦
✳ 찌짐쪽을 만난 날

움찔!!

으악!!!

행운은 무슨···
무섭다고!!

눈에
띄지나
말든가···

으르껭다...

한 달 넘게 함께 생활한 찡쭉
딱히 어떤 행운을 가져다준 건지는 모르겠지만
긴 시간 동안 별 탈 없이 행복한 여행을 했다.
찡쭉 덕분인가?

END

+ 단골집 +

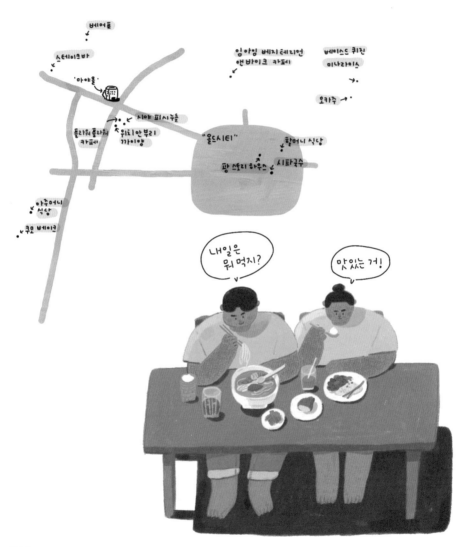

시파국수 (올드시티)
Blue noodle
가장 많이 갔던 국숫집
진한 고깃국물이 일품이다.
차옌 한 잔에 국수 두 그릇은 기본 !!

위치안 부리
Wichian Buri
눈앞에서 구워지는 닭구이를 바로
맛볼수 있다. 함께 나오는 소스도
맛있다. 쏨땀, 밥과 함께
먹으면 한 끼 식사로 최고다.

시야 피시 누들
Sia fish noodles
깔끔한 공간과 맛
맑은 어묵 국수, 갈비탕을 자주 먹었다.
익숙한 맛에 자주 찾게 되는 곳이다.

베어풋
BARE FOOT
음식을 주문하면 바로 앞 테이블에서
요리를 시작한다. 요리하는 걸 구경하는 것도
즐겁다. 펭귄빌라 안에 소품숍, 카페 등
느긋하게 주위를 둘러봐도 좋은 곳이다.

메뉴
피자, 라자냐
감자튀김, 스파게티

팜 스토리 하우스(올드시티)
Farm Story House

팟타이, 치킨 스테이크, 과일쥬스 등
다양한 메뉴와 친절한 직원들
덕분에 갈 때마다 기분 좋아지는 곳이다.

임아임 베지테리언 앤 바이크 카페
Imm Aim Vegetarian and bike cafe
채소 요리를 먹고 싶을 때 찾는 곳이다.
메뉴도 다양하고 맛도 그럭저럭 괜찮다.

오카주
ohkajhu
돼지고기 바비큐, 립,
생선 스테이크, 튀김 등
다양한 요리와 유기농 채소가
가득한 샐러드에 푸짐한 양까지
절대 후회하지 않는다.

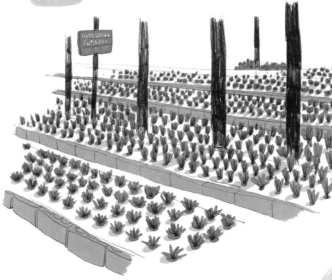

남은 음식을 포장하면 →
며칠은 먹어도 될 만큼의
채소를 덤으로 준다.

미나라이스 베이스드 퀴진
meena rice based cuisine
치앙마이 외곽에 있어
자주 가지는 못했지만
가끔 기분을 내 거나 특별한
날이면 생각나는 곳이다.
꽃향기 가득한 음료부터 음식까지
꽃처럼 예쁘게 플레이팅해놓아
눈이 행복해진다.

스테이크바
Steak bar
치앙마이대학교
야시장에 있는
길거리 레스토랑
가격은 저렴하지만
플레이팅과 맛은 결코 저렴하지 않다.
햄버거, 스테이크 등 메뉴도 다양하다.

할머니 식당 (올드시티)
처음 치앙아이를 여행했을
때부터 갔던 식당이다.
팟타이, 쏨땅, 똠양꿍 등
다양한 로컬 메뉴를 맛볼수
있다.

250

아주머니 식당
반캉왓 맞은편에 있다.
마늘 치킨과 쏨땀이 별미로
근처에 갈때마다 꼭 들렀던
단골집이다.

← 쿠모 베이크
Kumo bake
아기자기한
풍경 속 작은 빵집

플라워플라워 카페
Flour Flour Cafe →
닝만해민에 위치한
맛있는 빵카페

+ 소소한 기억 +

싸이퉁
봉지에 담아
파는 포장음식이다.

슈퍼나 마트에 가면
쉽게 구매할 수 있다.
익숙한 맛에
자주 사 먹었다.

한국 딸기에
비해 당도가
많이 떨어진다.

20 B

30

아침에 빠떵꼬와
함께 먹는 따근한 콩물로
단백한 맛에 자주 마셨다.

맛있는 빵집이 많아
행복했던 치앙마이 여행

카오니 여우(찹쌀밥)
쪄서 만든 쫀득한
식감의 밥으로
우리 입맛에
잘 맞는다.

-95

+ 가족 여행 +

꼬미와 호두와 '함께' 치앙마이를 여행하고
동네를 산책할 수 있으면 얼마나 좋을까 상상한다.

+ 마지막 날 +

떠나기 이틀 전, 숙소에 앉아 남은 하루 동안 무엇을 할지 고민한다.
꼬프악 꼬담(Gopuek Godam)에 가서 아침 식사와 함께
따뜻한 밀크티를 마시고 후식으로
꾸 퓨전 로띠 앤 티(Guu Fusion Roti & Tea)에서 로띠를 먹는다.
점심은 청도이(Cherng Doi)에서
솜땀, 까이양, 파파야튀김에 콜라를 마신다.
그리고 스쿠터를 타고 20분 거리에 있는 아사마 카페에 가서
그래비티 커피를 마시고 돌아오면 후회 없는 마지막 날이 될 것 같다.

꼬프악 꼬당

↑ 꾸 퓨전 로티 앤티

↰ 청도이 로스트 치킨

←― 아사마 카페

+ 다시 올 수 있을까? +

설렘의 공간이 떠날 땐 가장 아쉬운 공간이 된다.
집으로 돌아가는 공항에서
서로에게 '다시 올 수 있을까?'라고 물었다.
여행의 순간들이 파노라마처럼 머릿속을 지나간다.

매번 '다시 올 수 있을까?'라고 묻는 것처럼
나이가 들수록 여행을 결정하는 것이 쉽지 않다.
스스로 만들어내는 걱정이 점점 무겁게 다가오지만
우리는 다시 여행을 계획할 것이다.
이 여행이 시작된 것처럼.

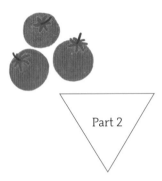

Part 2

요리하기 좋은 날

+ 태국 요리 배우기 +

여행을 계획하면서 치앙마이에서 꼭 해보고 싶은 것들을 적었다.
첫째는 태국 요리 배우기.

치앙마이 쿠킹클래스를 통해
그동안 내가 먹은 태국 음식에서 나던 향의 재료를 찾는다거나
여름나라에서 자라는 여러 가지 채소의 쓰임을 배우고
싱싱한 재료를 고르는 법을 배웠다.

요리하는 것을 즐기고 음식에 대한 호기심이 많은 나에게
매운맛 신만 짠맛 단맛이 조화롭게 어울리는
태국 음식을 배우는 시간은 흥미로움 그 자체였다.

처음 경험해본 낯선 향신료, 다양한 소스와 채소.
새로운 식재료를 배우고 경험하고
내 손으로 만들어낸 여름나라 음식들.
팟타이의 나라에서 내가 만든 팟타이를 맛본 순간을
잊을 수 없을 것 같다.

소 스

피시소스

(생선을 소금에 절여
발효시킨 액젓)

소이소스

(간장)

헬씨보이
찐 소이소스

타파로스
피시소스

스퀴드
피시소스

팜슈거

(야자꽃에서 추출한 수액을 끓여낸 뒤
응고시켜 만든 비정제당)

메프라넘 타이
칠리 페이스트

타이 칠리 페이스트

(태국식 볶음고추장 소스)

채소

고수
(팍치)

쥐똥고추
(프릭키누)

타이바질

샬롯
(험댕)

마늘
(끄라티얌)

홀리바질
(카파오)

라임
(마나우)

카피르라임
(마끄룻)

레몬그라스
(따크라이)

갈랑갈
(카)

카피르라임잎
(바이마끄룻)

팟타이

요리재료

고추

땅콩가루

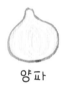
양파

마늘

쌀국수

달걀

새우

당근

두부

숙주

타마린드 페이스트

피시소스

① 마늘, 양파, 두부, 새우를
   넣고 볶아준다.

팟타이소스
(타마린드소스 +
피시소스 +
팜슈거)

② 쌀국수, 팟타이소스를 넣고
   볶다가 웍 한쪽에서
   달걀을 저어가며 익혀준다.

③ 숙주를 센 불에서 빠르게 볶아내고
   땅콩가루를 뿌려 접시에 담아낸다.

똠얌꿍

요리재료

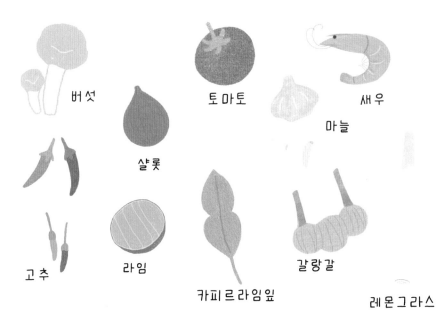

버섯

토마토

새우

마늘

샬롯

고추

라임

카피르라임잎

갈랑갈

레몬그라스

① 새우 머리를 끓여
　육수를 만들어준다.

② 새우 육수에 손질한 갈랑갈,
　레몬그라스, 카피르라임잎,
　고추를 넣고 끓여준다.

③ 손질한 토마토, 샬롯,
　버섯과 칠리 페이스트,
　코코넛 밀크를
　끓여주다가
　마지막에 라임즙과
　새우를 넣고 익혀준다.

망고 찹쌀밥

요리재료

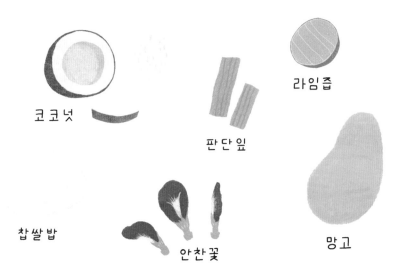

코코넛

판단잎

라임즙

찹쌀밥

안찬꽃

망고

① 코코넛 과육을 갈아준 다음 따뜻한 물을 넣고
손으로 주물러 주다가 꾹 짜면 코코넛 밀크가 완성된다.

② 코코넛 밀크에
안찬꽃과 판단잎을
넣고 끓여준다.

③ 색이 파랗게 변한
코코넛 밀크에 찹쌀밥을
넣어서 섞어주고 망고는
가로세로 칼집을 내서
접시에 찹쌀밥과 함께 담아낸다.

그린 커리

요리재료

카피르라임잎

갈랑갈

마늘

당근

샬롯

레몬그라스

고추

가지

쿠민씨

닭가슴살

① 쿠민씨, 갈랑갈, 레몬그라스,
카피르라임잎, 샬롯, 마늘 등을 넣고
돌절구에서 곱게 빻아 페이스트를
만들어준다.

그린커리 페이스트

② 그린커리 페이스트,
피시소스, 팜슈거,
카피르라임잎,
고추, 당근, 닭가슴살,
코코넛 밀크 등을 넣고
끓여준다.

쏨땀

요리재료

땅콩

토마토

건새우

그린파파야

당근

마늘

라임즙

그린빈

① 그린파파야를 얇게
  채 쳐준다.

② 고추, 마늘을 넣고
  절구에서 빻아준다.

③ 채 친 그린파파야, 건새우, 토마토, 그린빈,
  당근, 소스(피시소스+팜슈거+타마린소스),
  라임즙을 넣고 고루 섞어 빻아준다.

+ 낯선 도시에서 요리하기 +

'오늘은 어떤 요리를 해 먹을까?'라는 물음으로
하루를 시작하며 매일 마켓이나 시장에 들렀다.
시장이나 마트 구경을 좋아하는 우리에게
로컬 시장 탐방은 큰 즐거움이다.
단돈 몇 바트에 잘 익은 제철 과일이나 투박해 보이는 채소를
장바구니에 가득 담는 호사도 누렸다.

처음 보는 과일을 먹어보고
여러 날이 지나면 그 과일에 어울리는 빵과 요거트를 고르고
하루에 한 끼는 작은 부엌에서 꼭 음식을 만들었다.
요리라고 하기엔 거창할 정도의 간단한 음식이지만
낯선 도시에서 식재료를 직접 골라서 요리하는 시간이 참 행복했다.

알록달록 고운 색의 요거트볼

요리재료

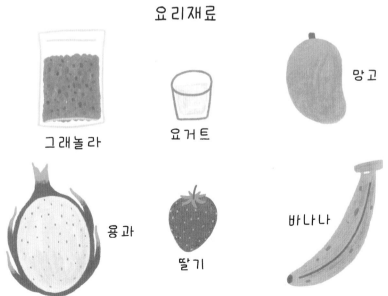

그래놀라

요거트

망고

용과

딸기

바나나

① 요거트에 예쁘게 손질한 과일을 올려주고
시리얼, 그래놀라를 함께 담아낸다.

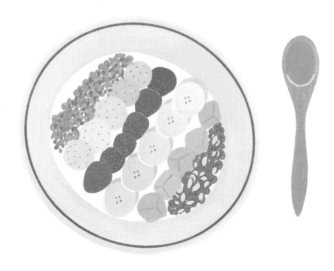

과카몰리 샌드위치

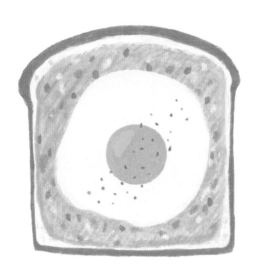

요리재료

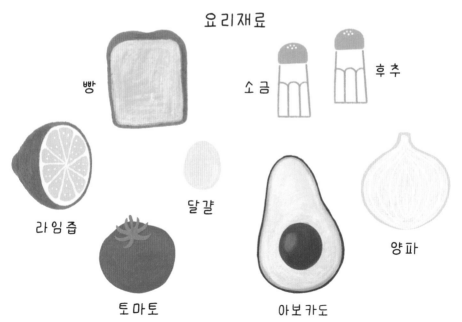

빵

소금   후추

라임즙

달걀

아보카도

양파

토마토

① 으깬 아보카도에 잘게 자른 토마토, 양파와
소금, 후추, 라임즙을 섞어준다.
② 빵에 과카몰리, 달걀프라이를 올려 맛있게 먹는다.

맛있는 딸기로 만든 딸기잼

요리재료

라임즙

팜슈거

딸기

① 달콤한 향기에 샀다가
신맛 때문에 안 먹고
있던 딸기와 팜슈거,
라임즙을 함께 넣고
졸여준다.

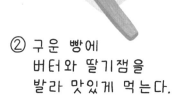

② 구운 빵에
버터와 딸기잼을
발라 맛있게 먹는다.

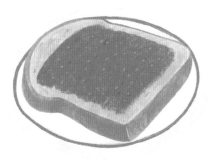

과일 듬뿍 팬케이크

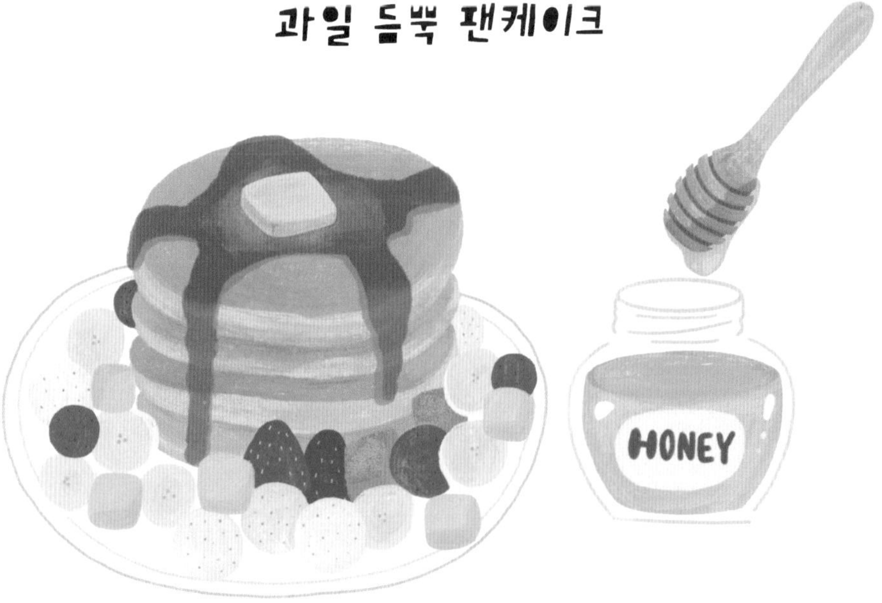
HONEY

요리재료

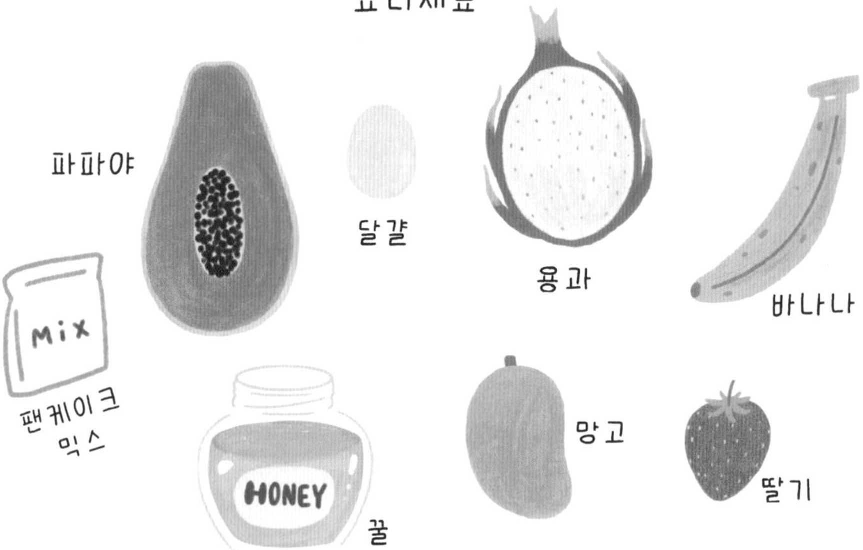
파파야
달걀
용과
바나나
MIX
팬케이크 믹스
HONEY
꿀
망고
딸기

① 팬케이크믹스에 달걀을 넣고
반죽을 만든다.

② 반죽을 노릇하게 구워준다.

③ 손질한 과일을 꿀과 함께 곁들여낸다.

여름나라 과일

라임
(마나우)

바나나
(끌루어이)

구아바
(파랑)

딸기
(스뜨러버리)

망고
(마무앙)

아보카도

슈가애플
(너이나)

살라크
(쌀라)

파인애플
(쌉빠롯)

용과
(깨우망껀)

람부탄
(응어)

수박
(땡모)

코코넛
(마프라우)

리치
(린찌)

타마린
(마캄)

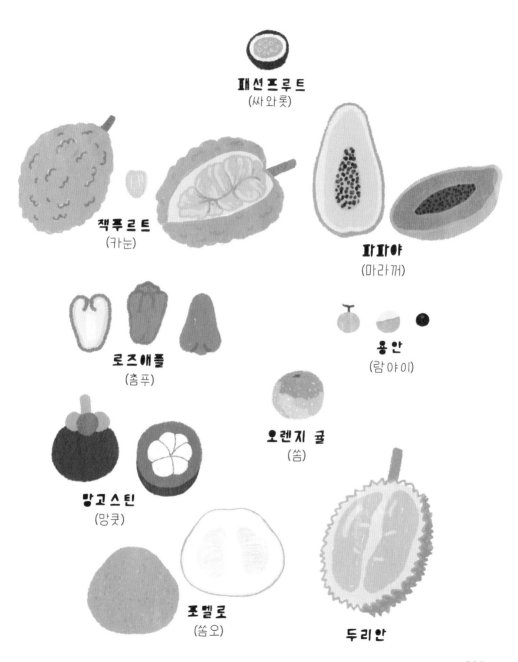

패션프루트
(싸와롯)

잭푸르트
(카눈)

파파야
(마라꺼)

로즈애플
(촘푸)

용안
(람야이)

오렌지 귤
(쏨)

망고스틴
(망쿳)

포멜로
(쏨오)

두리안

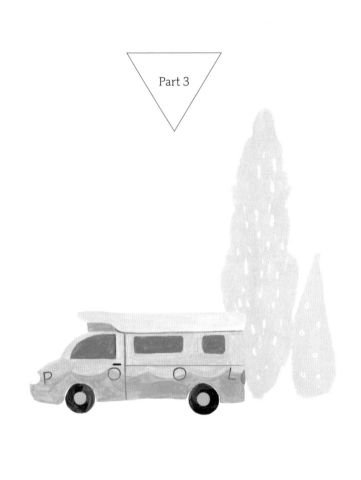

Part 3

치앙마이, 오늘의 기록

핑강+와로롯 시장

카지 카페   포레스트 베이크

빠떵꼬 꼬냉   와로롯 시장

20.8

빠떵꼬 꼬냉
귀여운 공룡, 악어
모양의 도넛

두유(남또후)

카지 카페

당근 케이크

까눌레

와로롯 시장
법랑 도시락과
빈티지한 커피잔 쇼핑

포레스트 베이크
식물로 가득한
동화 같은 카페

코튼 치즈 케이크

나나정글+산티탐

펭귄 빌라

앤트아오이

나나정글　　　　옴니아 카페　　　플립스 앤 플립스

free
coffee

뺑오쇼콜라

크루아상

나나정글
토요일 아침 일찍 한적한
숲에서 열리는
빵마켓

펭귄 빌라

베어풋 카페:
작은 부엌에서
뚝딱 만들어내는
피자, 라자냐

펭귄코 옵:
소품샵

옴니아 카페

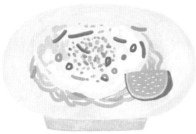

앤트아오이
팟타이

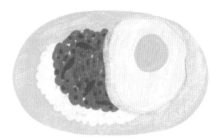

팟카파오무쌉
(돼지고기 바질 볶음밥)

플립스 앤 플립스
홈메이드 도넛

타패게이트 · 블루누들

반베이커리 · 그래프 카페 · 리행 퍼니처 싸카성

반베이커리

크루아상 샌드위치

타패게이트

SOMPETCH

MONOCHROME

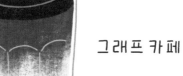

그래프 카페

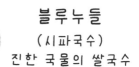

블루누들
(시파국수)
진한 국물의 쌀국수

라탄
쇼핑

리행 퍼니처 싸카썽

님 만 해 민

꼬프악 꼬담

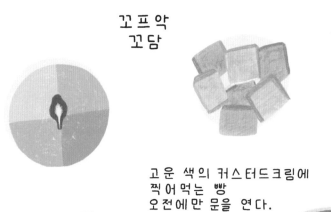

고운 색의 커스터드크림에
찍어 먹는 빵
오전에만 문을 연다.

코튼트리

설탕을 듬뿍 넣은 커피가
취향이 아니라면
노슈거(마이싸이남딴)는 필수

옥수수
쏨땀

까이양 청도이

파파야 튀김

플라워플라워

커스터드크림
가득한 빵

구운 치킨

몬놈숏

달콤한
우유

판단커스터드크림이
올라가 있는 식빵

리스트레토

먹기에 아까운
라테아트

299

징자이 마켓+와켓

징자이 마켓

명물 커피아저씨가 내려주는 핸드드립 커피
원하는 만큼 커피값을 지불한다.

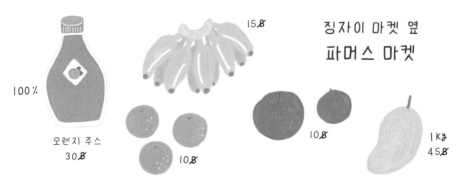

100%

오렌지 주스
30B

15B

10B

10B

1Kg
45B

징자이 마켓 옆
파머스 마켓

생산자와 직거래하는 농산물 마켓
저렴한 가격에 과일과 채소를 구매할 수 있다.

미나 라이스
베이스드 퀴진

한적한
분위기에서
즐기는
알록달록
예쁜 한 끼

준준 솝
앤 카페
작고 귀여운
컵케이크
20฿

6 day 반캉왓+외곽

이너프 포 라이프
빌리지

지버리시

반캉왓　　왓우몽　　페이퍼 스푼　　호시하나 빌리지

반캉왓

스튜디오 상점들이 모여 있는
예술가들이 만든 마을

알록달록 빈티지 유리컵과
초록색 드리퍼 쇼핑

이너프 포 라이프 빌리지

coconut
ice cream
20฿

왓우몽

맑은 날
천천히
산책

페이퍼 스푼

더위를 식혀주는
패션프루트 소다와
스콘 + 홈메이드 잼

패션프루트
소다 60฿

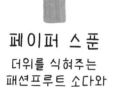

스콘 + 잼
45฿

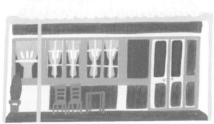

지버리시 홈메이드 자카 숍

귀여운 소품과 직접 염색하고
만든 옷

hoshihana village

호시하나 빌리지

시간이 천천히
흐르는 곳

Chiangmai Oldcity

토요일 아침 나나정글

오래된 그릇가게에서 만난 보물들

오늘의 브런치

싼캄팽 가는 길

왓우몽 산책길에 만난 초록이들

취향이 고스란히 담긴
근사하고 멋진 컵

여름나라 꽃

플루메리아
(리라와디)

골든 샤워 트리
(라차프록)

부겐빌레아

버터플라이피
(안찬)

재스민

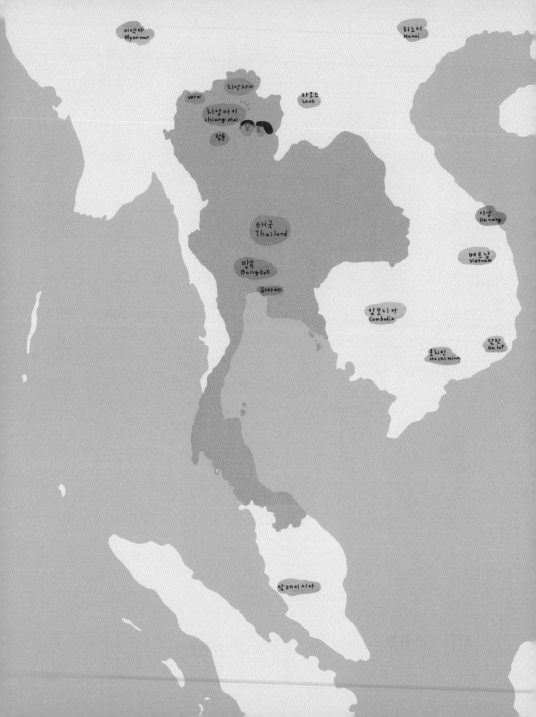

Part 4

알아두면 좋은 것들

+ 나라 정보 +

치앙마이
Chiang Mai

태국 북부에
위치한 치앙마이

태국
Thailand

Phumiphon Adunyadet
1946 ~ 2016
↑ 푸미폰 아둔야뎃
태국의 아홉 번째 국왕
가장 많은 사랑과 존경을 받았다.

↑ 태국의 화폐는
바트(Baht, THB)를
사용한다.

← 태국 인구의
95%가 불교를 믿는다.

Maha
Vajiralongkorn
2016 ~
↑
마하 와치랄롱꼰
현재의 국왕

COFFEE ←
태국의 커피는 대부분
고산지대인 북부
치앙라이에서 생산된다.
태국은 양귀비 재배로 악명이
높았지만 태국 국왕과
UN의 노력으로
커피강국이 되었다.

+ 가는 길 +

인천 공항

태국방콕
수완나품 공항

약 6시간
(비행시간)

(약 1시간)
공항버스
이동

까겐비니
Entrance 3
Shuttle Bus

돈무앙 공항으로 가는 셔틀버스는
공항 도착층인 2층 3번 출구에 있다.
버스는 새벽 5시부터 운행한다.
비행기 티켓을 보여주면
무료로 이용할 수 있다.

방콕 돈무앙 공항

(비행시간)
약 1시간

치앙마이 공항

와... 도착했다.

오래 걸렸다.

공항 2층 7번출구 옆
태국 통신사가 자리 잡고 있다.
유심칩은 이곳에서
구매하면 된다.

2:39

AIS

시내로 가고 싶다면!!
공항 1층에
택시 타는 곳이 있다.

TAXI-METER

+ 날씨 +

5월부터 시작되는 우기는 9월까지 계속된다.

연 평균 기온은 26~27도다.

걷기 좋은 치앙마이 운동화는 필수

미세먼지가 심해서 스카프는 좋은 아이템이 된다.

2~3월 화전으로 미세먼지가 엄청나게 증가한다. 마스크는 필수

햇빛 노출이 심한 치앙마이 팔 토시가 유용하다.

3~5월 제일 온도가 높은 시기다. 한낮엔 햇빛이 강해 긴 팔을 입는 것이 좋다.

11~2월 낮 기온이 내려가 걸음 여행하기 좋은 시기다.

에어컨을 강하게 튼 실내가 많다. 입고 벗기 편한 겉옷을 가지고 다니는 것이 좋다.

12~2월 아침, 저녁으로 기온(15도)이 많이 내려간다. 두꺼운 옷을 챙기자.

+ 교통 +

택시는 우버(Uber)나 그랩(Grab) 앱을 깔면 모든 것이 해결된다.
내가 현재 있는 위치로 택시를 부를 수 있고 원하는 장소까지
안전하게 도착한다. 택시의 위치, 기사님 정보까지 확인이 가능하다.
금액도 정해져 있기에 바가지 쓸 일도 없다. 할인이나 프로모션을
기대해볼 수 있다.

뚝뚝, 송태우는 어디서나 쉽게 볼 수 있다. 기사님께 목적지를
말하고 가격을 흥정해야 한다.

스쿠터는 치앙마이에서 제일 유용한 교통수단이다.
면허증 단속이 잦은 편이다. 우리나라의 2종 소형면허가 확인된
국제운전면허증을 발급받아야 태국에서 오토바이 운전이
가능하다. 한 달 이상 장기 여행을 계획한다면 한국에서 면허를
따는 것보다 치앙마이에서 면허를 따는 것이
훨씬 간단할 수도 있다.

+ 숙소 +

어디에 숙소를 구하면 좋을까?
여행을 준비할 때 제일 고민이 되는 부분이다.

첫 여행 때는 올드시티에 숙소를 구했는데,
크고 작은 사원과 치앙마이다운 동네 풍경을 만날 수 있었다.
주변에 로컬 음식과 다양한 요리를 맛볼 수 있는 식당이 많고 일요일이면
선데이 마켓이 열려서 지루할 틈이 없었다.

두 번째 여행 때는 반캉왓 근처에서 머물렀다. 시내와는 거리가 있었지만
숲을 바라보며 느긋하게 그림을 그리고 글을 썼다. 시골 동네를 걸으며
한없이 여유를 부렸다. 쌓였던 피로가 풀리고 기분이 맑아지는 느낌이었다.
하지만 스쿠터 없이는 이동이 불편했고, 저녁이 되면 모든 풍경은
검은색으로 가득 찼다.

세 번째 여행 때는 님만해민의 세련된 아파트형 숙소에 묵었다. 주위에
예쁜 카페도 많았고 늦은 시간까지 영업하는 음식점, 상시 열리는 야시장,
쇼핑몰, 마트가 있어서 여행이 편했다.

네 번째 여행과 마지막 여행의 숙소는 모두 산티탐에 있었다. 우리가 제일
만족했던 곳이다. 시내와 멀지 않아 이동이 편했고 맛있는 로컬 음식과
함께 치앙마이 사람들의 소소한 일상의 풍경을 만날 수 있었다. 동네가
조용해 여유를 즐기기 좋았다. 다른 지역에 비해 상대적으로 숙소의 가격도
저렴한 편이다.

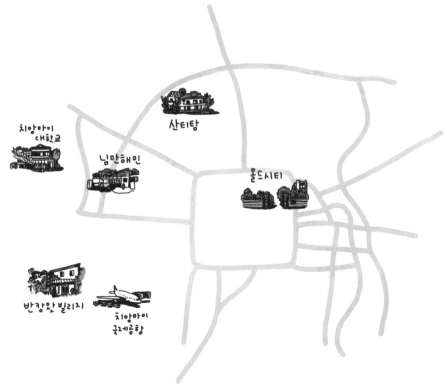

+ 쇼핑 리스트 +

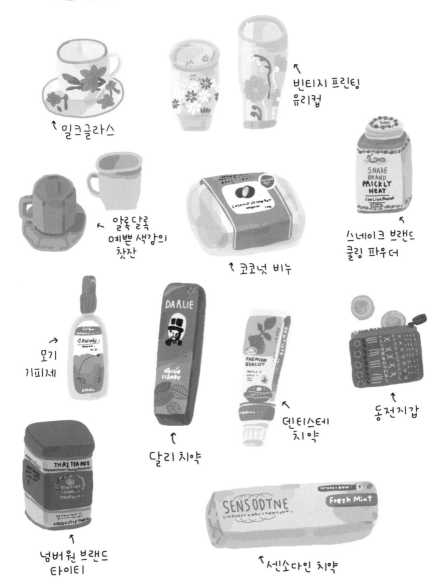

↑ 밀크글라스

빈티지 프린팅
유리컵

알록달록
예쁜 색깔의
찻잔

↑ 코코넛 비누

스네이크 브랜드
쿨링 파우더

모기
기피제

달리 치약

덴티스테
치약

동전지갑

넘버원 브랜드
타이티

↑ 센소다인 치약

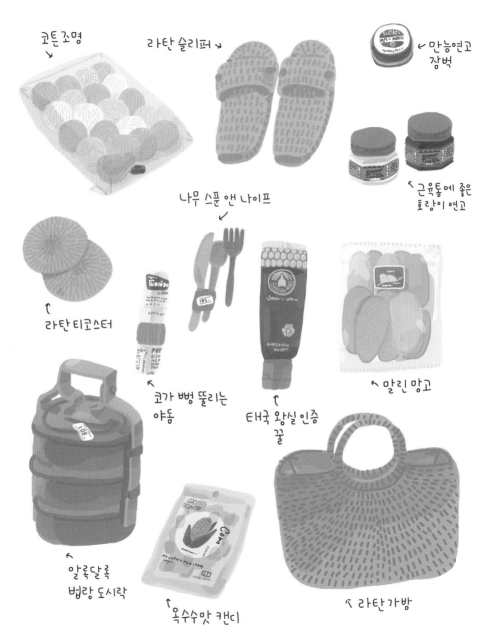

코튼 조명

라탄 슬리퍼 ↗

↙ 만능연고
　 잠벽

← 근육통에 좋은
　호랑이 연고

나무 스푼 앤 나이프
　　↙

↑
라탄 티코스터

↑
코가 뻥 뚫리는
야돔

↑
태국 왕실 인증
꿀

↖ 말린 망고

↑
알록달록
법랑 도시락

↑
옥수수맛 캔디

↙ 라탄 가방

+ 브레드 원정대 +

오비 어로이 베이커리
OB.AROY Bakery
친절한 빵집
크루아상, 소금빵

준준 카페
Junjun_Cafe
맛있고 예쁜
컵케이크

카지
Khagee
당근 케이크

포레스트 베이크
ForestBake
까눌레를 비롯해
예쁜 빵이 한가득

무
MOOH
다양한 크림
도넛

와코 베이크
WAKO Bake
큐빅 케이크가
맛있다.

플라워플라워 슬라이스
flourflourslice
크림이 한가득 도넛

케이크 반 피엥숙
Cake Baan piemsuk
코코넛 케이크 맛집

올 어바웃 커피
All About Coffee
바나나 크림 케이크

문놈솟
Mont Nomsod
토스트와 커스터드 크림의
완벽한 조화
↓

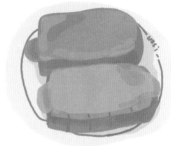

나나정글
Nana Jungle
숲에서 열리는
빵 마켓

에이 앤 씨 베이커리
A & C Bakery
동네의 맛있는
작은 빵집

반 베이커리
Baan bakery
치앙마이의
대표 빵집

+ 치앙마이 국수 +

부드러운 코코넛 밀크가
들어간 커리
태국 북부 지역의 대표 국수
쫄깃한 바미(달걀면)에
바삭하게 튀긴 달걀면
고명을 올려 먹는다.

카오소이

꾸에이띠여우

쌀국수에 들어가는 재료에 따라서
꾸에이띠여우+느아(소고기)
무(돼지고기)
까이(닭고기)
룩친(어묵)

태국식 울면
붉은 쌀국수면(센야이)에
전분을 이용해
걸쭉하게 만든 소스를
부어 먹는 요리

랏나

면의 굵기에 따라 센미, 센렉, 센야이로 나눈다.

센미(얇은 면)

센렉(보통 면)

센야이(넓은 면)

프릭뽄
(고춧가루)

남딴
(설탕)

프릭 남쁠라
(피시소스+고추)

프릭쏨
(식초+고추)

국수에 넣어 먹는 양념

+ 태국 북부 전통밥상, 칸똑 +

칸(Khan) - 그릇
똑(Toke) - 밥상

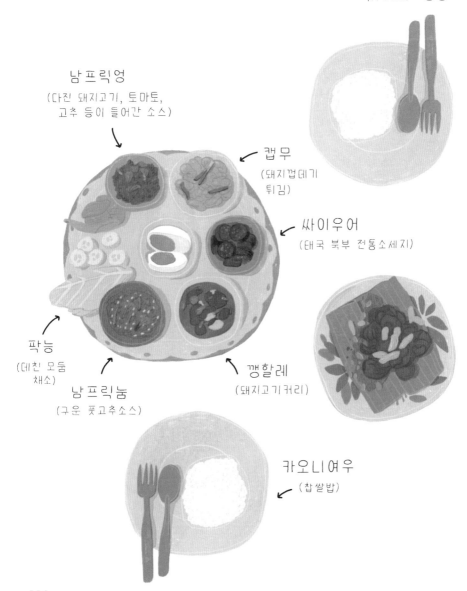

남프릭엉
(다진 돼지고기, 토마토,
고추 등이 들어간 소스)

캡무
(돼지껍데기
튀김)

싸이우어
(태국 북부 전통소세지)

팍능
(데친 모둠
채소)

남프릭눔
(구운 풋고추소스)

깽할레
(돼지고기커리)

카오니여우
(찹쌀밥)

여행을
기억
하다

초판 1쇄 인쇄 2021년 8월 11일
초판 1쇄 발행 2021년 8월 18일

지은이 배중열·고율

펴낸이 이재영·이희승
펴낸이 (주)재승출판
등록 2007년 11월 06일 제2007-000179호
주소 우편번호 06614 서울특별시 서초구 강남대로 423 한승빌딩 1003호
전화 02-3482-2767
팩스 02-3481-2719
이메일 jsbookgold@naver.com
홈페이지 www.jsbookgold.co.kr
ISBN 979-11-88352-43-2   03810

값 16,000원
잘못된 책은 구입처에서 바꾸어 드립니다.